AGON

TRAGEDIE.

AGON,

SULTAN DE BANTAM,

TRAGÉDIE

EN CINQ ACTES ET EN VERS,

Traduite du Hollandois

De Monsieur O: Z: VAN HAREN,

Noble Frison.

Si quis Sinus abditus ultra,
Si qua foret tellus, quæ fulvum mitteret aurum,
Hostis erat. Fatisque in tristia bella paratis
Quærebantur opes.

A LA HAYE,

Aux dépens du Traducteur, & se vend

CHEZ CONSTAPEL, Libraire

M. DCC. LXX.

A MONSIEUR,
MONSIEUR
ONNO ZWIER VAN HAREN,
Noble Frison (*).

C'est le sort d'un grand cœur d'être persécuté;
Je sens que c'est le mien de l'aimer d'avantage.
Tancrede Act. I. sc. 6.

O TOI! de qui la main sçavante,
D'un pinçeau sublime & divin,
Nous trace l'Histoire brillante
Des Bienfaiteurs du Genre-humain.
TOI, de qui la Muse fleurie
Des Grands-hommes de la Patrie
Célébre les faits immortels;
Et qui, pénétré de leur gloire,
Immortalise TA mémoire
En leur érigeant des Autels.

TOI, qui le premier à ma Lyre
Inspire de nobles accens,
Et qui, d'un magique délire,
Agite mes tranquilles sens:
VAN HARE, reçois mon hommage,
Et souffre enfin que je partage
Les lauriers dûs à TES travaux;
Permets que ma Muse naissante,
D'une voix timide & tremblante,
TE range parmi nos Héros.

Oui,

(*) *Auteur d'un Poëme hollandois intitulé*, A LA PATRIE, *dans lequel brillent le Patriotisme le plus pur, l'Impartialité la plus parfaite, & l'Eloquence la plus noble.*

*

Oui, cette place T'eſt bien duë,
Et malgré la haine en fureur,
Qui, ſous TES vertus abbatuë,
TE lanca ſon fiel corrupteur:
TON nom, en depit de ſa rage,
Sera célébre dans tout âge
Et cher à nos derniers Neveux;
Tandis que ces mortels vulgaires,
Jaloux de TES vertus proſpères,
Se verront mépriſés par eux.

Entend TU les races futures
Condamner notre iniquité,
Et conſoler par leurs murmures
Le Grand-homme perſécuté
Quoi, dira-t-on, quel ſort étrange!
L'Appui de la maiſon d'Orange,
Du Peuple & de la Liberté,
En bute aux coups de l'injuſtice?
O Deſtin! quel fut ton caprice?
Batave! où fut ton équité?

Tels qu'on vit à Rome ces Frères *
Pour leurs bienfaits même proſcrits,
Ou tels que, dans des jours contraires,
On a vû les braves *De Wits*:
Immolés par des cœurs perfides,
Qui, de meurtre & de ſang avides,
Etoient jaloux de leur bonheur:
Tel, ô Père de la Patrie!
TU fus un inſtant dans Ta vie
La victime de l'Impoſteur.

Ma

(*) *Les Gracques.*

Mais ce trifte & noir crépufcule
Bientôt difparut à nos yeux,
Et le Peuple, un moment crédule,
Méprife TES vils envieux.
Il détefte la fource impure
Qui fçut diftiller l'impofture
Dont TES jours furent obfcurcis;
Et ces cœurs lâches & barbares,
Ennemis du nom des VAN HARES,
Sont aujourd'hui fes ennemis.

Le Batave enfin fe reveille,
Et, plein d'une jufte douleur,
Rougit d'avoir prêté l'oreille
Aux cris du Calomniateur.
Il abhorre ces ames baffes,
Qui, par efpoir ou par menaces,
Oferent TE perfécuter;
Tandis que TA vertu plus belle,
Brillant d'une fplendeur nouvelle,
Ne les a plus à rédouter.

Mais quel fera la récompenfe
Réfervée à TES doctes Chants?
Quoi! ferions nous moins que la France
Senfibles à des foins touchants?
Le Chantre du fameux Saint Pierre *
Se vit dans fa noble carrière
Par fon Roy même couronné;
Il vit le Marbre & la Peinture
Transmettre à la race future
Son nom de gloire environné.

Et

* *Mr. de Belloy, Auteur du Siège de Calais.*

Et TOI, l'Emule des Grands hommes,
Ferois revivre dans nos cœurs
Ces fiers Mortels de qui nous ſommes
Les ſtériles admirateurs.
Quoi! du ſein même des ténébres
Tu tirerois les faits célébres
De nos Ancêtres généreux:
Sans que TA mémoire chérie
Dans les faſtes de la Patrie
Brillât parmi leurs noms fameux?

Non, du Batave la grande ame
Chérira toujours TES Bienfaits,
Et, ſuivant l'honneur qui l'enflâme,
Il accomplira mes ſouhaits.
Oui, l'on verra la République
Honorer TA vertu ſtoïque,
TON zéle & TON intégrité;
Et ſa tendre reconnoiſſance,
Admirant TA mâle éloquence,
Te promet l'Immortalité.

Déja ce Prince magnanime
Qui ſçait captiver notre cœur,
En liſant le Songe ſublime
De ſon illuſtre Précuſſeur:
Sent cette émotion puiſſante
Qu'inſpire TA verve touchante:
Je lis TON deſtin dans ſes yeux!
Il va couronner le mérite
Du Chantre heureux qui reſſucite
Les grands exploits de ſes Ayeux

Il parle: le Marbre docile
Sous le ciſeau va s'animer,
Et *Spini*, d'une main habile
Peignant TES traits, doit nous charmer.
J'entends la Muſe pindarique *
Qui chanta d'un Peuple héroïque
Les malheurs & les faits brillants:
En depit de la ſombre envie,
Célébrer par ſon harmonie
Et TES vertus & TES talents.

VAN HARE, j'accepte l'augure,
Et, plein de TON glorieux ſort,
En ſecret déja je murmure
De mon infructueux effort.
Ma Muſe, en proïe au plus beau zêle,
Pour chanter TA gloire immortelle
Voudroit égaler Apollon:
Heureux ſi ce Dieu qui m'étonne
Veut permettre qu'à TA couronne
Je puiſſe ajouter un fleuron.

* *Madame Decambon, Auteur d'un Poëme Hollandois à la gloire de l'immortel & du brave Paſcal Paöli.*

PRE'-

PREFACE
DE
L'AUTEUR.

LE Royaume de Batam, situé sur la côte occidentale de l'Isle de Java, a été longtems gouverné, de même que toute la partie orientale des Indes, par des Rois du sang Malais & de la Réligion Mahométane. Le père d'Agon, Sultan de Bantam, ayant par une révolution perdu ses Etats: Agon, agé de vingt ans, les réconquit en 1634. Il règna environ cinquante ans avec beaucoup de gloire & de sagesse; & se rendit sur-tout rédoutable aux Hollandois, qui, comme on le sçait, ont le siége capital de leur Compagnie des Indes-Orientales à Batavia, près de Bantam.

Agon, agé de Soixante-dix ans, veut abdiquer sa Couronne en faveur de ses deux fils. Il destine Bantam à son fils ainé, Abdul; & Tartasse, fruit de ses conquêtes, à Hassan, son fils cadet. Paduca Siri, Roi de Macassar & de Boni dans l'Isle de Célèbes, a été chassé depuis seize ans de ses Etats par Speelman, Général des Hollandois. La Reine, son épouse, lui fut enlevée par un boulet de canon, à la prise de la Forteresse de Samboupo; & lui se réfugia avec sa fille Fatime, encore au berceau, à Bantam, chez Agon: à la Cour du quel il mourut.

Agon est d'intention d'unir Fatime à son fils Hassan, en lui cèdant Tartasse. La pièce commence à la pointe du jour marqué pour l'abdication.

PRE-

PRÉFACE DU TRADUCTEUR.

CE n'est qu'en tremblant que je donne aujourd'hui cette Traduction. Je sens trop combien elle s'éloigne des beautés de l'Original, pour ne pas craindre que son sçavant Auteur ne me reproche, avec justice, d'avoir défiguré son Ouvrage. Tout ce que je puis alléguer en ma faveur: c'est, qu'étant Hollandois, il m'a été impossible de saisir assez les finesses de la Langue Françoise, pour rendre avec toute l'énergie nécessaire les pensées concises & nerveuses de l'Original. Aussi n'ai-je entrépris cette Traduction que dans la vuë d'engager quelque plume, plus capable que la mienne, à travailler sur un sujet qui mérite d'être connu des Etrangers. C'est du Théâtre Hollandois que je veux parler; qui, à mon avis, en vaudroit du moins autant la peine que quelques-uns de ceux qu'on a déja traduits en François.

J'ai choisi la Tragédie d'AGON, de Monsieur Onno Zwier van Haren, *parce qu'elle ne s'écarte en aucune façon des unités réquises, & qu'elle est dépourvuë de ces disparates & trop grandes métaphores que nos pièces ont la plupart de commun avec celles du Théâtre Anglois: ce qui m'a épargné tout changement à faire. En cas donc que cette Traduction ne soit pas goutée, qu'on n'en impute la faute qu'à ma foiblesse, & non à l'Original. Peut-être me dira-t-on, qu'il valloit autant n'avoir rien fait, que d'avoir mal fait. On aura raison, mais;*

Quod potui feci; faciant meliora potentes.

ACTEURS.

AGON, *Sultan de Bantam.*

ABDUL, *Fils aîné.* } *d'Agon.*
HASSAN, *Fils cadet.* }

FATIME, *Princesse de Macassar & de Boni.*

SINAN, *Capitaine des Gardes d'Agon.*

NADINE, *Confidente de Fatime.*

JEAN LUCAS DE STEENWYCK, *Renégat Hollandois, Confident d'Abdul.*

SAINT MARTIN, *Général des Hollandois & Chef suprême du Conseil des Indes.*

IBRAHIM, *Iman ou Grand-Prêtre de la Mosquée Royale de Bantam.*

SADI, *Officier de Java.*

GRANDS, *de Java.*

La Scéne se passe dans le Palais des Rois de Bantam dans l'isle de Java, à douze lieus à l'Ouest de Batavia.

AGON

AGON, SULTAN DE BANTAM, TRAGÉDIE.

ACTE PREMIER.

SCENE PREMIERE.

AGON.

JE vais jouir enfin des douceurs de la paix !
Mes jours dans le répos vont couler déformais !
Les foins, les embarras, les noirs foucis du Trône,
Et ces vaines grandeurs que la crainte empoifonne
Vont céder à l'efpoir dont fe flatte mon cœur.
Fortune, dont longtems j'éprouvai la rigueur,
Mon ame ne craint plus tes frivoles caprices,
Et je puis en ce jour braver tes injuftices.
Maître de l'Univers, qui naquit à ta voix,
Toi, qui par Mahomet nous as dicté tes loix,
O toi ! de qui je tiens & l'Empire & la vie,
Reçois les humbles vœux de mon ame attendrie !
Grand Dieu ! qui dans mon cœur dans tous les tems as lû
Le mépris des faux biens, l'amour pour la vertu :
Ecoute, ô Dieu puiffant ! écoute la prière
Qu'Agon t'ofe addreffer au bout de fa carrière ;
Confonds l'orgueil jaloux de fes fiers ennemis,
Et fais regner la paix dans le cœur de fes Fils !

SCENE II.

AGON, SINAN.

SINAN.

SEIGNEUR, à tous les Grands de la Cour étonnée
J'ai fait sçavoir la loi du Conseil émanée.
Tous, selon vos desirs, viendront en ce Palais
Pour souscrire en silence à vos tristes projets.
Quoique depuis longtems Bantan ait dû s'attendre
Au sort que par ma bouche il vient enfin d'apprendre,
Il n'en ressent pas moins de trop justes douleurs;
Et ce moment fatal penètre tous les cœurs.

AGON.

Quelque grande, Sinan, que soit cette amertume,
Elle s'adoucira; du moins je le présume.
Un vieux Roi disparoît & s'oublie aisément,
Quand un jeune Héros, tel qu'un astre brillant,
Sçait fixer tous les yeux par son noble courage.

SINAN.

Votre Peuple du moins attend pour dernier gage
De ces rares bontés que vous eutes pour lui,
Que vous lui donnerez un digne & ferme appui,
Qui, comme vous, Seigneur, père de la patrie,
Soit le fleau du vice & de la tyrannie.
Voilà ce qu'il attend de ces soins vigilans
Qu'il vous vit prodiguer aux Princes vos enfans.
Mais quelle, à cet égard, que soit son espérance,
Il aimeroit mieux vivre encor sous la puissance
D'un Roi dont les vertus & les rares talens
Ne sont point affoiblis par le nombre des ans;
En qui, malgré le poids de la sage vieillesse,
On voit briller encor l'ardeur de la jeunesse.

AGON.

Hélas! s'il connoissoit le Trône & ses chagrins,
Ce Peuple applaudiroit bientôt à mes desseins!

Tran-

Tranquille en sa maison, où mon bras le protége;
Il croit que je jouis du même privilége;
Tandis qu'en mon Palais, entouré de soucis,
Au bonheur de ses jours je consacre mes nuits.

SINAN.

Seigneur, s'il connoissoit l'ennui qui vous dévore,
Son amitié pour vous seroit plus grande encore.

AGON.

Je suis trop convaincu de ton intégrité
Pour ne point te parler en toute liberté.
Apprens donc le sujet de ma douleur mortelle,
Et vois de mes deux fils la discorde cruelle.
Tu sçais, Ami, tu sçais, qu'à mes travaux constans
Cet Empire orageux doit ses succès brillans;
Et tu n'ignores point que ma main y fit naître
La liberté, l'honneur, & la gloire peut-être:
Mais, malgré ma prudence & mes attentions,
Mes fils vont tout changer par leurs divisions.
Je vois depuis longtems la fière Batavie
Fixer ses yeux jaloux sur ma chère patrie;
Je la vois en secret forger pour nous ces fers
Dont son orgueil voudroit enchainer l'Univers.
L'ambitieux Batave attend l'heure fatale
Qui doit faire éclater la discorde infernale
Qui regne entre mes fils; il attend que leur voix
Demande son secours pour leur donner des loix.
Et quoique l'Orient déja lui rende hommage,
Java flatte surtout son superbe courage.
Ce froid Européen, par notre or arrêté,
Conserve ici son flegme & sa duplicité:
Bien moins ardent que nous, son cœur ferme & tranquille
Ne suit point les transports d'une ardeur indocile;
Mais sans-cesse épiant nos tristes passions,
Il fonde sa grandeur sur nos divisions.
Telle est sa politique. Ainsi de ma patrie
Je veux fixer le sort en étouffant l'envie
Que je vois à regret diviser mes enfans.
Je prévois nos malheurs, & crains que nos Tyrans
Ne troublent quelque jour ma cendre à peine éteinte.
Je veux donc aujourd'hui dissiper cette crainte
Dont la seule pensée allarme mes esprits.

Je crois, j'efpère au moins, que lorfqu'entre mes fils
J'aurai fçu partager mon Empire & ma gloire,
On verra les Chrétiens refpecter ma mémoire:
Voilà tous mes projets.

SINAN.

Si vous craignez, Seigneur,
Le pouvoir du Batave & fon flegme impofteur:
Pourquoi donc divifer les forces de l'Empire ?
D'où vient que par vos fils vous vous laiffez féduire ?
Le Sçeptre de Tartaffe, entre vos mains échû
Pour prix de vos combats & de votre vertu,
Affermit votre Trône & fixe fa puiffance.
Honorez donc un fils de votre préférence,
Ou bien que tour à tour ils goûtent ce bonheur.

AGON.

Non: ton premier projet eft contraire à mon cœur,
Et le fecond fatal à mes fils, à l'Empire.
Toujours ambitieux, toujours prêts à fe nuire,
Jamais le fier Abdul, ni l'intrépide Haffan
Ne pourront fe réfoudre à ne regner qu'un an.
Je connois trop d'Abdul l'ame fière & hautaine,
C'eft pourquoi de Bantan la grandeur Souveraine,
Les droits facrés du Trône, & les foins généreux
De rendre cet Etat & mes Sujets heureux
Lui font par mon Confeil deftinés en partage.
Tartaffe moins puiffant, mais fruit de mon courage,
Eft pour mon fecond fils. Je fçais que ce deftin
Suffit à fon grand cœur fi l'on y joint la main
Et les attraits touchans de la belle Fatime.
Son père, tu le fçais, malheureufe victime
De l'aveugle fortune & du Dieu des combats,
Vint chercher un azile au fein de mes Etats.
Mais tu n'es pas inftruit qu'à fon heure dernière,
Lorfque ma main fermoit fa mourante paupière,
Au Roi de Macaffar je promis, chez Sinan,
Que fon aimable fille, unie au brave Haffan,
Un jour feroit placée au Trône de Tartaffe,
Grace à la main du Ciel! la fortune furpaffe
Mes foins & mes defirs: puifque pour ces beaux nœuds
Aujourd'hui l'amour même a prévenu mes vœux.

Que de leur union le bonheur puisse naître!
Sinan, entre mes fils il faut choisir un Maître:
Qui, d'Abdul ou d'Hassan, doit jouir à son tour
De ta fidélité? Nomme moi sans détour
Qui de mes deux enfans ton amitié préfère.

SINAN.

S'il est vrai qu'à vos yeux mon amitié soit chère?
Permettez donc, Seigneur, que par vous reténu
Sinan puisse admirer encor votre vertu;
Que je vous suive enfin, que ma vive tendresse
Vous prodigue toujours......

AGON.

Non, Sinan. La vieillesse,
Succombant sous le poids des ans & des travaux,
Seule à droit de prétendre aux douceurs du répos.
Cinquante ans de soucis, de dangers & d'allarmes
Ont à peine fixé le destin de mes armes.
Guerrier, Législateur, au Conseil, au Combat,
Ma main dans tous les tems fut utile à l'Etat,
Et des Européens balança la puissance.
J'ai vêcu, j'ai rempli mon sort avec constance;
Et ce n'est qu'à ce prix, qu'au déclin de mes ans,
J'abandonne ces soins aux Princes mes enfans.
Pour toi, tu dois encor les beaux jours de ta vie
Au bonheur de mes fils, au Peuple, à la Patrie.
Remplis donc la carrière où le sort t'a jetté,
Et mérite à ton tour de vivre en liberté.

SCENE III.

AGON, FATIME, NADINE.

AGON.

J'Eusse été trop heureux, jeune & belle Fatime,
Si le sort sécondant l'amitié qui m'anime,
Ma main eut pû fixer la fortune à mon char,
Pour vaincre, & sous vos loix remettre Macassar.

Mon cœur s'étoit flatté que l'Inde assujettie,
Rougissant de se voir si longtems asservie,
Auroit brisé le joug du Batave orgueilleux;
Que de l'Asie enfin les Sultans généreux,
Ecoutant une ardeur qui jadis leur fut chère,
Auroient vengé Fatime, auroient vengé son père;
Et que trempant leurs mains dans le sang d'Occident
Ils auroient sçû tarir les pleurs de l'Orient,
Mais puisque, malgré moi, la fortune ennemie,
A trompé de mon cœur la plus flatteuse envie,
Recevez d'un Ami tout ce qu'il peut pour vous:
Le Trône de Tartasse & mon fils pour époux.
Je me flatte, Madame, en vous nommant ma fill
De remplir vos desirs & ceux de ma famille?

FATIME.

Seigneur, lorsque le sort, fatal à tous les miens,
Fit tomber Macassar au pouvoir des Chrétiens;
Lorsque Samboupo vit le sang de mes ancêtres
Rougir le fer cruel de nos injustes maîtres;
Et que ces Ravisseurs, dignes de l'Occident,
Usurperent les droits du brave Musulman:
Il restoit à mon père & sa fille, & sa gloire.
Je le suivis ici. Vous seul à sa mémoire
Daignates rendre hommage; & vous seul, en effet,
Libre dans l'Orient & né pour le bienfait,
Pouviez au malheureux offrir un saint azile;
Tandis que de nos Rois la valeur inutile
Dût céder au pouvoir d'un Conseil de Marchands.
Mon père, à votre Cour passant ses derniers ans,
Eut goûté le bonheur, si son ame attendrie
N'eut régretté sans cesse une épouse cherie.
Comblé de vos bienfaits, il mourut dans mes bras
En plaignant mon destin, son Peuple & ses Etats.
Pardonnez donc, Seigneur, pardonnez si ces larmes
Pour mon cœur accablé s'emblent avoir des charmes.
Je les dois aux malheurs d'un père vertueux,
A la reconnoissance, à vos soins généreux.
Je vous dois tout, Seigneur; & par un sort prospère,
Votre amitié pour moi de jour en jour plus chère
Veut me combler enfin de gloire & de bonheur,
En me liant à vous par un nœud si flatteur.

AGON

AGON.

Je sçais que vos vertus, égales à vos charmes,
Pour enflâmer les cœurs sont de puissantes armes;
Mon fils Hassan, Madame, en a senti les coups,
Quel sera son bonheur s'il est aimé de vous?

FATIME.

Oui, votre fils m'est cher; & ce noble partage
Me flatte d'autant plus que, plein de son courage,
Mon cœur ose espérer que, vengeant mon affront,
Son bras vainqueur un jour placera sur mon front
D'un père infortuné la Couronne royale.
Oui, sa guerrière main, à l'Europe fatale,
Du Prophête sacré plantera l'Etendart,
En dépit des Chrétiens, aux champs de Macassar,
Et domptera l'orgueil de ces Tyrans perfides;
Si l'essain redoublé de leurs Soldats avides,
Ne prévient le succès de son bras valeureux.
Mais, si vous abdiquez un pouvoir dangereux,
Qui pourra donc, Seigneur, soutenir sa jeunesse?

AGON.

L'amour du bien public, la crainte & la sagesse
Ont dicté mes projets; mais surtout le bonheur
De mes fils, de Fatime a sçu régler mon cœur.
Trop heureux si ma main, en étouffant l'envie,
Peut du Batave encor suspendre la furie;
Si mes deux fils enfin, de leurs destins contens,
Rendent plus que jamais leurs Etats florissans:
Avant que les Mousons, au Batave propices,
Amenent vers Java ses flottans édifices.
L'intérêt de mes fils, & le votre, & le mien
Est d'attendre l'instant où le lâche Chrétien
En proïe à la molesse, à l'amour, à l'envie,
Sent couler dans son sein les langueurs de l'Asie;
Que son cœur, enivré de funestes plaisirs,
Eprouve l'ascendant de nos fougueux desirs.
Alors, Madame, alors écoutant la vengeance,
Nous pourrons dans son sang laver notre imprudence.
Mais il faut avant tout jusqu'à ce tems heureux
Lui cacher avec soin nos desseins courageux.

FATIME.

Après tant de malheurs, de foucis & de larmes,
Quoi! différer encor le fuccès de nos armes?
Quoi! ce Peuple odieux, Tyran de ces climats,
Doit pofféder encor mon Sçeptre & mes Etats?

AGON.

Ma tendreffe pour vous partage votre injure,
Et plus que vous, Madame, en fecret je murmure!
Mais cinquante ans de regne & de travaux conftans
M'ont appris l'art de feindre & tout le prix du tems.
Un Roi, s'il veut cueillir le fruit de fa vaillance,
Doit de fes ennemis connoître la puiffance;
Et ne point prodiguer le fang de fes Soldats,
En livrant par fierté d'inutiles combats.
Ce pouvoir du Batave, à l'Inde fi funefte,
Que femble féconder la colère célefte,
Fut dans mes jeunes ans aux mains des Portugais,
Et Gama le premier, au nom d'un Dieu de paix,
Du pur fang de nos Rois fit rougir ce rivage.
Attiré par notre or des bords fleuris du Tage,
L'avide Portugais vit fes lâches neveux
Fuir le fer des vainqueurs ou ramper devant eux;
L'Inde, croyant venger l'honneur de fes ancêtres,
Plia fous d'autres loix, fe choifit d'autres maîtres;
Et Macaffar furtout, par fes foins imprudens,
Sçût fixer le pouvoir de fes nouveaux Tyrans.
Mais du Batave ici la grandeur paffagère
Devra céder un jour à la main étrangère
Que l'efpoir des tréfors conduira fur ces lieux.
Oui, je me promets tout & du tems & des Cieux!
Attendez donc, Madame; & que notre prudence
Sufpende quelque tems le fer de la vengeance:
Bientôt nous le verrons ces avides Chrétiens
Se difputer entr'eux notre or & nos faux biens:
L'immenfe éloignement de nos deux hémifphères
A leur cupidité met de foibles barrières.

SCENE IV.

AGON, FATIME, NADINE, SINAN.

SINAN.

LEs deux Princes, Seigneur, par votre ordre appellés,
Semblent de vos desseins également troublés.
Tous deux veulent envain cacher leur défiance;
On les voit l'un de l'autre éviter la présence.

AGON.

(*à Sinan.*) (*à Fatime.*)
Il suffit.... Tous les deux je vais les accorder,
Et remettre en leurs mains l'honneur de commander;
De l'indocile Abdul adoucir la rudesse,
Et dans le cœur d'Hassan répandre l'allégresse
En lui parlant de vous.

SCENE V.

FATIME, NADINE.

FATIME

NAdine, quel bonheur,
Quel agréable espoir vient de flatter mon cœur!
Quoi! je puis écouter une flâme si chère?
Hassan aura ma main! Agon sera mon Père!
Agon, mon bienfaiteur, le seul, avec Hassan,
Digne d'être honoré du nom de Musulman,
Et le seul en ce jour que le Prophête anime!
Du Peuple & de l'Etat malheureuse victime,
Reine aux yeux du public, vile esclave en effet,
Sous de vaines grandeurs languissant en secret,

Epouſe ſans deſirs d'un époux inſenſible,
Abandonnée au ſort par un père inflexible,
Mépriſant un Sultan qu'elle n'a pû charmer,
Qui la trahit ſans-ceſſe & la punit d'aimer:
Tel eſt le triſte ſort des Reines de l'Aſie,
Dont mon cœur ne craint plus l'influence ennemie.

NADINE.

Je rends graces au Ciel ! qu'après tant de malheurs
Il daigne enfin tarir la ſource de vos pleurs,
Que le bandeau royal doive orner votre tête,
Et que de votre hymen la pompe ici s'apprête.
Ah ! puiſſe votre époux par ſes exploits guerriers
Dans les champs de Boni moiſſonner des lauriers
Et joindre Macaſſar au Trône de Tartaſſe !
Puiſſe-t-il, le deſtin s'écondant ſon audace,
Du Batave à vos yeux confondre la fierté,
Et remettre à jamais Célébe en liberté !
Puiſſe-t-il, en vengeant l'Ombre de votre mère,
Arracher de ſes mains la foudre meurtrière
Si fatale à la Reine ; & de ce feu pervers,
Accablé de remords, le plonger aux enfers !
Mais pardonnez, Madame, à mon ame indignée
De parler de vengeance en un jour d'hyménée.

FATIME.

La vengeance, Nadine, eſt bien douce à mon cœur ;
Il aime avec tranſport, il hait avec fureur ;
Et, par un ſort heureux, mon union prochaine
Sert en un même jour mon amour & ma haine.
Si j'eſtime d'Haſſan l'eſprit & la valeur,
Si, dès ma tendre enfance, il captiva mon cœur ;
J'adore en lui ſurtout cette haine conſtante
Qu'il porte à nos Tyrans. Déja ſa main vaillante
A puni, tu le ſçais, ces fiers Tartaſſiens
Q'uà la rébellion excitoient les Chrétiens.
L'Inde de mon Amant admire la victoire,
Java de ſon bras ſeul attend toute ſa gloire,
Et du Batave altier la fière ambition
Craint ſa noble valeur & frémit à ſon nom.

NADINE.

Mais, puiſque le Sultan, aujourd'hui, par prudence,
Veut entre ſes deux fils partager ſa puiſſance :

Eſt-

Est-il sûr que d'Abdul l'orgueil capricieux
Entre son frère & vous approuvera ces nœuds?
Tous deux ils ont passé près de vous leur jeunesse,
Et, peut-être, tous deux ont la même tendresse.

FATIME.

Quoi! de l'amour Abdul connoîtroit la douceur?...
Non, l'ambition seule occupe tout son cœur.

NADINE.

Vos droits sur Macassar vous en font Souveraine,
Et du riche Boni vous devez être Reine;
Mais croyez vous qu'aux mains du Prince votre époux
Les Bataves verront, sans en être jaloux,
Passer, par votre hymen, cette double couronne?
Craignez que leur Conseil autrement n'en ordonne.

FATIME.

Si le Ciel aujourd'hui forme un lien si doux,
Conseil, Batave, Abdul, mon cœur vous brave tous.

Fin du premier Acte.

ACTE

ACTE SECOND.

SCENE PREMIERE.

FATIME, HASSAN.

FATIME.

OUi, Seigneur, je craignois que Fatime aujourd'hui
N'eut pû voir de Java le vengeur & l'appui;
Que du Héros de l'Inde admirant la victoire,
Seule je n'aurois pû rendre hommage à sa gloire.

HASSAN.

Mes premiers pas, Madame, en venant à la cour,
Auroient, sans doute été dirigés par l'amour;
Et, quoique tout couvert d'une noble poussière,
Fatime auroit reçû mes respects la première,
Si le devoir sacré de fils & de sujet
N'eut de quelques momens rétardé ce projet.
A mon Père, à mon Roi, mon cœur fut rendre hommage
En posant à ses piés les fruits de mon courage:
De Tartasse vaincu j'ai remis dans ses mains
Les Otages, les Cléfs, & les Chefs des Mutins.
De vous les offrir tous il m'a chargé, Madame.
Il veut que dès ce jour le Divan vous proclame
Sultane de Tartasse; & que mon foible bras,
Dirigé par vos soins, défende vos Etats.
J'accepte avec transport tout ce qu'Agon desire,
Si, par bonté, Fatime y daigne aussi souscrire,
Et me croit digne enfin d'obéir à sa voix.
Mon cœur, depuis longtems asservi sous vos loix,
Fera tout son bonheur de vous être fidèle.

FATIME.

Seigneur, vous le sçavez, la fortune cruelle
Ravit à mes Ayeux leur Sceptre & leur grandeur:
Il ne me reste donc qu'à vous offrir mon cœur.

Mais si de Macassar j'étois encor la Reine,
Ou si l'Asie en moi voyoit sa Souveraine:
Malgré nos vains Sultans sur leur Trône engourdis,
Ma main de votre amour seroit le juste prix:
Oui, vous seriez l'époux que choisiroit Fatime.
Mais Hassan connoît-il cette ardeur qui l'anime?
Sçait-il que la vengeance, & la haine, & les pleurs
Sont les tristes liens qui vont unir nos cœurs?
Mon Trône renversé, le Sceptre de mes pères
Que brisa le chrétien de ses mains sanguinaires:
Les murs de Macassar, les remparts de Boni
En Proïe à la fureur du Batave ennemi:
Samboupo gémissant sous sa cendre fumante,
Et l'Ombre d'une mère irritée & sanglante:
Un père détrôné, proscrit & fugitif,
Confiant son destin au gré d'un foible esquif
Et traînant avec lui sa fille malheureuse:
De Fatime voilà quelle est la dot affreuse;
Seigneur, voilà le sort qu'il vous faut partager,
Et tels sont les malheurs que vous devez venger!

HASSAN.

Oui, je les vengerai. Je jure que ces armes
Puniront nos Tyrans, feront cesser vos larmes.
Ma Seule crainte étoit qu'un Guerrier plus heureux
Pour mériter Fatime eut prévenu mes vœux.
Mais je vois à regret que l'impuissante Asie,
Plus que jamais encor sous le joug asservie,
A vû tarir enfin le sang de ses Héros.
Hélas! pour l'Orient quels outrages nouveaux!
Lorsque Bantan verra les superbes Bataves
Nous forger dans ses murs de nouvelles entraves;
Qu'Abdul. . . . .

FATIME.

Quoi! dans ces murs?. . . Vous troublez mes esprits!
Abdul, le fils d'Agon, au Batave soumis!
Quoi! votre frère. . . . .

HASSAN.

Hélas! malgré votre surprise,
C'est un de ces soupçons que la crainte autorise.

FATIME.

ô Ciel!

HAS-

HASSAN.

Depuis un tems rongé par les ſoucis,
Agon a réſolu de céder à ſes fils
Et de leur partager ſon Trône & ſa puiſſance.
Abdul à ce décret s'eſt ſoumis en ſilence
Et ſemble, ainſi que moi, content de ſon deſtin.
Mais le ſouple Stenvic, par un ſecret chemin,
S'eſt juſques à deux fois ſçu rendre à Batavie:
Stenvic qui, réniant ſes Dieux & ſa patrie,
Qui, dédaignant les loix, l'honneur, la liberté,
Eſt né pour la baſſeſſe & l'infidélité:
Stenvic qui, mépriſant l'orgueil de ces ancêtres,
Ne reconnoît qu'Abdul & l'intérêt pour maîtres:
En faveur de mon frère a, depuis peu de jours,
Du Batave en ſecret demandé le ſécours.
Je ſçai que les Chrétiens, charmés de nos querelles,
Arment déja leur flotte & leurs mains criminelles;
Que, ſécondant d'Abdul la haine & la fureur,
Ils tournent contre nous leur métal deſtructeur
Et qu'au premier ſignal leur foudre meurtrière......

FATIME.

Quoi! de ce noir complot le Sultan votre père....

HASSAN.

La preuve en eſt encor trop foible pour Agon.
Héritier de ſon Sceptre, Héritier de ſon nom,
L'impérieux Abdul a, malgré ſa rudeſſe,
De ſon cœur paternel captivé la tendreſſe.
Et ſoit que le Traité ne ſe fut pas conclu,
Ou bien que le Batave, avec lui convenu,
Ne doive s'annoncer que par le bruit des armes:
Le partage à ſes yeux parut avoir des charmes,
Et les ſoins du Sultan s'embloient flatter ſon cœur.
Mais puiſque l'or enfin, des Chrétiens le moteur,
Me permet de percer leur noire politique,
J'eſpère prévenir ce complot tyrannique.
Un Eſclave affidé, comblé de mes bienfaits,
En ſecret de Stenvic doit ſonder les projets,
Et m'inſtruire au plutôt pourquoi la Batavie
S'arme au ſein de la paix qui regne dans l'Aſie:
Trop heureux ſi je puis, diſſipant leurs deſſeins,
Mériter votre cœur & calmer vos chagrins.

SCE-

SCENE II.

FATIME, HASSAN, NADINE.

NADINE.

SEigneur, un Inconnu vient ici de ſe rendre,
Dans la cour du Palais ſeul il veut vous attendre,
Et dit que vous devez en ſçavoir les raiſons.....

HASSAN.

(*à Nadine.*) (*à Fatime.*)
Je vais l'entretenir. Si j'en crois mes ſoupçons,
Madame, ce ſera cet Eſclave fidèle,
Qui du Traité ſecret m'apporte la nouvelle.
Grace à nos vains tréſors, je vais, par cet avis,
Faire voir au Sultan lequel de ſes deux fils
A mérité le mieux ſon cœur & ſa tendreſſe.

SCENE III.

FATIME.

O Ciel! de mon Amant dirige la ſageſſe,
Confonds du vain Abdul la ſuperbe fierté,
Et punis le Chrétien de ſa rapacité.
Que l'or, ce vil métal, qui fait couler nos larmes,
Soit notre ſeul ſoutien, diſſipe nos allarmes.
Oui, que cet or ſi cher au Batave envieux
Faſſe échouer ici ſes complots odieux.
Mais non: que dis-je, hélas! quel indigne langage!
Quoi! d'Haſſan à ce point avilir le courage?
Que Fatime plutôt, le ſuivant aux combats,
Subiſſe à ſes côtés un glorieux trépas
En voyant triompher ſon Amant invincible!
Non, la mort à ce prix pour moi n'a rien d'horrible,
Et plutôt... mais qui vient?.. C'eſt Abdul, ſort affreux!

SCE-

SCENE IV.

FATIME, ABDUL.

ABDUL.

DEja depuis longtems j'attends l'inſtant heureux
De vous rendre, Madame, un tribut légitime,
Et de vous déclarer le beau feu qui m'anime.
J'oſe donc en ce jour, plein d'un eſpoir flatteur,
Vous offrir & Bantan ; & ma main, & mon cœur ;
Et je m'eſtime heureux ſi ce foible partage
De votre injuſte ſort peut adoucir l'outrage.
Vous le ſçavez ; Madame, au ſortir du berceau,
L'amour de notre hymen alluma le flambeau,
Et mon cœur, de tous tems, fut touché de vos charmes.

FATIME.

Quand mon père, Seigneur, dût par le ſort des armes
Abandonner Célébe, il me remit ici
Entre les mains d'Agon, qui ſeul fut mon appui,
Et de qui ſeul encor dépend ma deſtinée.
Mais ſachez que ma main ne peut être donnée
Qu'au mortel généreux qui m'oſera venger ;
Que ce n'eſt qu'à ce prix. . . .

ABDUL.

Non, je ne puis ſonger
Que Fatime, écoutant une vaine eſpérance,
Oſe encor du Batave irriter la vengeance
Et veuille s'attirer les foudres d'Occident.

FATIME

Le ſang de Macaſſar, ſi cher à l'Orient,
Ne peut dégénérer de ſa noble origine,
Non, rien ne peut fléchir l'ardeur qui me domine ;
Rien ne peut arrêter mon trop juſte courroux ;
Et je ne veux enfin pour ami, pour époux,
Que celui qui voudra ſéconder ma vengeance !

ABDUL

ABDUL.

Du Batave jamais je n'ai crains la puissance,
Et Fatime, en ce jour, à ma guerrière ardeur
Met un trop foible prix pour mériter son cœur.
Que sa main daigne donc commander à mes armes
Quelques faits glorieux plus dignes de ses charmes?

FATIME.

Eh bien! si vous voulez, Seigneur, me mériter?
Au nom du Saint Prophête osez me protester,
Que, soutenant les droits de vos braves ancêtres,
Bantan n'aura jamais les Bataves pour maîtres:
Qu'écoutant de mon cœur & la haine & l'ennui,
Vous serez des Chrétiens l'éternel ennemi:
Qu'arrachant Macassar à leurs mains teméraires,
Vous me replacerez au Trône de mes pères:
Que le feu consumant leurs superbes cités
Éclairera par tout vos pas ensanglantés:
Qu'enfin je vous verrai punir leur arrogance,
Et dans leur sang impur assouvir ma vengeance:
A ce prix de ma main vous pouvez ordonner,
Et de ce pas, Seigneur, je vais vous la donner
Sur les débris fumans de ma triste patrie.
Oui, Fatime est à vous; & son ame ravie
Croit entendre déja nos avides Tyrans,
S'efforcer de fléchir, par leurs cris impuissans,
Du brave & fier Abdul la trop juste colère!

ABDUL.

Si la paix de l'Asie à Fatime étoit chère,
On la verroit choisir quelques moyens plus doux.
Et ne point suivre ainsi les transports du courroux.
Ce ne seroit qu'envain, qu'armant ses mains fidèles,
Bantan voudroit venger vos injustes querelles:
Mais n'en espèrez rien; puisqu'à vos ennemis
Déja tout l'Orient est aujourd'hui soumis;
Que l'Inde, accoutumée à porter ses entraves,
Ne sçait plus qu'obéir aux généreux Bataves.
Peut-être, se flattant d'obtenir votre cœur,
Hassan épousera votre injuste fureur:
Il le peut; mais craignez sa fougue teméraire.

FATIME.

Quelque ſoit le mortel que mon cœur vous préfère,
Aux projets du Batave il ſçaura mettre un frein;
Et ſi j'ai pû deſcendre à vous offrir ma main,
C'eſt que j'ai ſçû prévoir toute votre baſſeſſe.

SCENE V.

ABDUL.

JE ſçaurai vous punir, trop ſuperbe Princeſſe,
D'écouter à ce point la vengeance & l'orgueil.
Dans peu vous vous plaindrez de cet indigne accueil,
Si le brave Stenvic a conclu l'alliance,
Et ſi la Batavie, écoutant ma vengeance,
Peut prévenir d'Agon le décret inoui.
Quoi donc, un père injuſte après m'avoir ravi,
En dépit de nos loix, en faveur de mon frère,
La moitié de ſon ſçeptre à mon cœur la plus chère;
Après avoir remis Tartaſſe aux mains d'Haſſan,
Il joint encor Fatime à ce don éclatant?
Croit-il que Bantan ſeul ſuffiſe à mon courage,
Tandis qu'Haſſan obtient tous mes droits en partage;
Et que ce fier Rival, enflé de ſa grandeur,
Bientôt ſuperbe & vain deviendra mon vainqueur;
Et joignant Macaſſar au Trône de Tartaſſe,
Voudra me voir plier au gré de ſon audace.
Non, plutôt mille fois ramper ſous les Chrétiens,
Que de craindre l'orgueil & la haine des miens.
Mais quoi! j'ignore encor ſi, par un ſort proſpère,
Le Batave voudra ſéconder ma colère?
Du délai de Stenvic quelle eſt donc la raiſon?
Dois-je le ſoupçonner de quelque trahiſon?
Hélas! je crains d'avoir commis une imprudence
En mettant en ſes mains le ſoin de ma vengeance.
Pour l'Europe, peut-être, il ſera reparti?.....
Mais non, je l'apperçois....

SCENE VI.

ABDUL, STENVIC.

ABDUL.

Quoi! trop cruel Ami,
Laisser ainsi languir mon ame impatiente!

STENVIC.

Si j'ai tardé, Seigneur, au gré de votre attente,
Ne me soupçonnez pas d'oubli ni de lenteur.
Non, malgré tous mes soins, mon zèle & mon ardeur,
A vos desirs plutôt je n'ai pû satisfaire,
Ni du Conseil Chrétien fléchir l'humeur austère;
Et peut-être qu'encor, sans vos nouveaux bienfaits,
Le Batave au Traité n'eut consenti jamais.

ABDUL.

Eh bien?

STENVIC.

Tout est conclû. D'Hassan ni de Fatime
Ne craignez plus, Seigneur, que la main vous opprime.
Le Batave d'Hassan hait l'orgueil dangereux,
Autant qu'il est sensible à vos soins généreux.
Il craint en lui surtout cette guerrière audace
Depuis peu si fatale aux Mutins de Tartasse.

ABDUL.

Mais sçais tu bien, Ami, quel destin plein d'horreur
Vient d'augmenter encor ma jalouse fureur?
Sçais tu? que dans ce jour l'injuste Agon transfère
Le Trône de Tartasse & Fatime à mon frère.
Non, que mon cœur regrette ou Fatime, ou sa main;
Mais tu connois les droits liés à son destin.
Tu sçais que le Batave, approuvant l'alliance,
De nouvelles grandeurs flattoit mon espérance.

STENVIC.

Oui, Seigneur, on m'a dit, en entrant à la Cour,
Qu'Agon pour Abdiquer avoit fixé ce jour.
Mais la Flotte chrétienne a déja dès l'aurore
Croisé sur cette rive; & pourra même encore,
Si le vent du midi féconde son effort,
Avant la fin du jour arriver dans le port.

Le Batave, irrité du projet teméraire,
Doit troubler les desseins de votre injuste père;
Et du Conseil de l'Inde, aujourd'hui, le Consul
Doit offrir à Fatime avec la main d'Abdul
Du fertile Boni le Sçeptre & la Couronne.
Saint Martin même ici doit venir en personne
Comme son Général & son Ambassadeur,
Pour soutenir vos droits & venger votre honneur.
Seigneur, voilà pour vous tout ce que j'ai pû faire.
Mais la flotte pouvant, par un destin contraire,
N'arriver que demain; il vous faut retarder
L'heure où de votre sort Agon doit décider.

ABDUL.

Tu peux compter, Stenvic, sur ma réconnoissance,
Mais j'ai plus que jamais besoin de ta prudence:
Tous les grands de Bantan déja sont à la Cour,
Et dans peu le partage est conclû sans retour.
Hassan va posséder & Tartasse & Fatime,
Sans que je sois vengé d'un Rival qui m'opprime.
Que dois-je faire, Ami?

STENVIC.

Dissimuler, Seigneur;
Au Sultan avec soin cacher votre cœur
Le secret important; de la flotte Chrétienne
Attendre encor un jour la vengeance certaine.

ABDUL.

Mais lorsque le Batave aura quitté Bantan,
J'aurai plus que jamais à rédouter Hassan.

STENVIC.

Ne craignez plus, Seigneur, sa haine ou sa colère.
On doit laisser ici le Sçeptre à votre père:
Mais, pour que votre cœur n'ait rien à rédouter,
Le Batave Sçaura toujours vous assister.
Du vain nom de Sultan Agon peut se répaître,
Mais vous seul en effet serez ici le maître.

ABDUL.

Agon souffrira-t-il ces projets violens?

STENVIC.

La ruse & le pouvoir sont deux moyens puissans.

ABDUL.

Mais enfin si du Roi la fierté peu commune....

STE

STENVIC.

Qu'il n'impute qu'à lui pour lors ſon infortune...
Mais ſi ce foible objet peut vous troubler, Seigneur,
Pourquoi donc d'un Rival tant craindre la valeur?
Si la haine d'Agon, l'orgueil de votre frère,
Si de Fatime enfin le fougueux caractère
Etoient dignes de vous, pourquoi donc aujourd'hui
Demander par ma voix le Chrétien pour appui?
Qui veut regner, Seigneur, ne craint point le parjure,
Et doit fermer ſon ame aux cris de la nature?
Saint Martin à Bantan va ſe faire un rempart
Où du Batave il doit arborer l'Etendart,
Et ſa flotte contient les Guerriers néceſſaires,
Pour réprimer d'Agon les efforts teméraires.
Vous connoiſſez, Seigneur, l'ambition d'Haſſan;
Vous ſçavez qu'il mépriſe & les loix du Coran,
Et ces ſcrupules vains dont la voix importune
D'un vil Peuple retient l'ame foible & commune.
Craignez donc s'il arrive un jour qu'il ſoit inſtruit
De ces hardis projets, qu'il me cueille le fruit
De vos diviſions; & qu'enfin ſa puiſſance
Ne vous faſſe payer votre lâche indolence.
Pour moi je m'abandonne à ſa juſte fureur,
Et j'attends ſans frémir le prix de cette ardeur
Que l'on me vit toujours pour mon illuſtre maître.
Je me ſoumets au ſort, le plus cruel peut-être?
Mais je ne ſçaurai point, par un triſte revers,
Vous voir aux piés d'Haſſan, ou mourir dans ſes fers.

ABDUL.

Qu'oſe tu dire, Ami? Moi, dépendre d'un frère!
Moi, ramper à ſes piés, & craindre ſa colère!
Non: que l'Enfer plutôt engloutiſſe à l'inſtant
L'injuſte Agon, mon frère, & moi-même, & Bantan!
Si l'on croit me priver des droits de ma naiſſance,
Je ſçaurai me ſervir du fer de la vengeance.
Oui, Stenvic, tes diſcours ont deſſilé mes jeux;
Je vais mettre à profit tes ſoins officieux.
Viens, vengeons mon opprobre; & que ta main vaillante
M'aide à punir d'Haſſan l'audace pétulante:
L'ambition, la haine, & la néceſſité,
Tout demande le ſang d'un Rival déteſté!

Fin du ſecond Acte.

ACTE TROISIEME.

SCENE PREMIERE.

AGON assis sur un Trône élevé de trois ou quatre marches. IBRAHIM debout du côté gauche du Trone, tenant le Coran de ses deux mains contre la poitrine. SINAN pareillement debout du côté droit du Trône. ABDUL assis dans un fauteuil un peu devant Sinan. HASSAN dans la même attitude du côté opposé. Les GRANDS de Java assis sur des gradins des deux côtés de la Scéne. On voit au milieu de la Salle trois tables de front : sur chacune de celles qui font les coins, il y a sur des coussins un Sceptre & une couronne ; & sur celle du milieu seulement un coussin. Les Gardes sont rangés derrière les Gradins & au fond de la Salle.

AGON.

J'ai depuis cinquante ans gouverné cet Empire,
Et depuis cinquante ans, si j'ose ici le dire,
On m'a vû soutenir sa grandeur, son éclat,
Et faire aux ennemis respecter cet Etat.
Il est tems d'abdiquer la puissance suprême;
Il est tems qu'aujourd'hui ce brillant Diadême
Orne le jeune front d'un Guerrier généreux,
Qui, par les mêmes soins, rende mon Peuple heureux.
Je sens qu'à chaque instant l'Eternel me réclame,
Et l'Ange de la mort, prêt à trancher ma trame,
Sans-cesse m'avertit de nommer un Sultan
Qui soit digne de moi, de vous, & de Bantan.
Mais, avant de quitter ce Trône & ma puissance,
Avant que de jouir du fruit de ma prudence :
Je me dois à moi-même, à mon Peuple, à mes fils,
Le compte de mes jours que je leur ai promis.
Je veux y satisfaire, & j'ai l'orgueil de croire
Qu'il ne servira point à ternir ma mémoire.

Amis,

Amis, vous le ſçavez: vos illuſtres Ayeux
M'ont vû tromper l'eſpoir d'un Tyran odieux:
Ils m'ont vû rélever le Trône de mes pères,
Arracher leurs Etats à des mains étrangères
Et fixer dans ces lieux l'auguſte liberté.
Ces Peuples, languiſſans dans la captivité,
Ont joui ſous mes loix d'une grandeur nouvelle;
Et leur luſtre aujourd'hui, par mes ſoins, par mon zêle,
S'étend depuis l'Empire où règne l'Ottoman
Juſqu'aux lieux où Ternate eſt inſtruit du Coran:
Tartaſſe, pour Bantan jadis ſi rédoutable,
Devant Bantan a dû plier ſon front coupable:
Ce Sultan qui ſe crut le maître de Java,
Recherche une amitié que jadis il brava:
Et ces Brigands du Nord, ces ſuperbes Bataves,
Qui, libres, ont voulu nous donner des entraves,
Malgré leur flotte altière & leurs fiers bataillons,
Devant eux n'ont point vû baiſſer mes pavillons.
Seul j'ai ſçû de tous tems braver leur arrogance,
Et leur orgueil ici craint encor ma puiſſance.
Bien plus: en dépit d'eux, j'ai reçû dans mes bras
L'infortuné Siri chaſſé de ſes Etats:
Lorſque du fier *Speelman* la main victorieuſe
A l'Europe ſoumit Célébe malheureuſe;
Et malgré les tranſports de leur cœur irrité,
Ils ont dû reſpecter mon hoſpitalité.
Ce bonheur, cette gloire, & cette indépendance,
Je les dois, mes Amis, à vous, à ma prudence;
Mais ils ſont avant tout les fruits de l'union
Qu'on a vû de tous tems regner dans ma maiſon.
Et ſi cette concorde, à l'Etat néceſſaire,
Peut ſubſiſter toujours entre Abdul & ſon frère,
Je me flatte qu'ici bientôt mes yeux mourans
Verront avec honneur commander mes enfans.
Le Ciel qui m'a donné ces deux fils en partage,
M'a comblé par bonheur de ce double héritage.
Bantan, par droit d'aineſſe, Abdul, revient à toi.
Haſſan, tu dois donner à Tartaſſe la loi.
Je n'y retiens pour moi qu'un hameau ſolitaire,
Où j'eſpère que rien ne pourra me diſtaire,

Où rien ne frappera mes ſens appéſantis
Que l'éloge flatteur des vertus de mes fils.
Reſpectable Ibrahim, au nom du Saint Prophête,
Implorez du Très-Haut l'aſſiſtance ſecrette;
Expoſez à nos yeux ce livre de la loi,
L'eſpoir du Vrai-croyant, des parjures l'effroi (*a*)
Vous, mes fils, approchez (*b*): par cette loi ſuprême
Jurez moi que toujours ce Peuple qui vous aime
Retrouvera dans vous un père, un bienfaiteur;
Que Dieu, que cette loi, gravés dans votre cœur,
Y maintiendront la paix, la vertu, la juſtice;
Qu'on ne vous verra point, au gré d'un vain caprice,
Sacrifier l'Etat à votre ambition.
Me le promettez vous?

ABDUL.

Je le jure.

HASSAN.

Moi, non.
Je deſire, Seigneur, que vous gardiez l'Empire;
Mais, ſi vous refuſez à mes vœux de ſouſcrire,
Je demande qu'Abdul, la main ſur le Coran,
A mon exemple avouë à l'auguſte Divan:
„ Qu'il ne mérite point le Sceptre de ſon Père,
„ Si jamais par ſes ſoins un indigne Traité
„ Eſt funeſte à l'Empire, eſt funeſte à ſon frère;
„ Si le Batave un jour, par ſon ordre excité,
„ Oſe exercer ici ſa tyrannie altière,
„ Et ravir à Bantan ſes droits, ſa liberté."
Que dites vous, Abdul? oſez vous le promettre.

ABDUL.

Qui, moi!... je veux... en tout... au Sultan me ſoumettre.

AGON.

Tu te troubles, Abdul, & tu parois ſaiſi!
Haſſan, de quel Traité veux tu parler ici?...
Abdul, explique toi! Crains qu'un plus long ſilence
A la fin n'autoriſe un ſoupçon qui t'offenſe.

AB-

(*a*) Ici l'Iman poſe le Coran ſur la table du milieu, & l'ouvre.

(*b*) Les deux Princes ſe levent & vont l'un & l'autre vers la table qui ſe trouve de leur côté.

ABDUL.

Oui, je dois l'avouër, cette indigne noirceur
M'a troublé, malgré moi, pour un instant, Seigneur.
Quoique souvent déja, par bonté, par foiblesse,
J'aie excusé d'Hassan la perfide bassesse:
Je ne m'attendois pas que sa haine eut jamais
Pû porter sa fureur à de pareils forfaits!
Mais j'espère qu'un jour le Ciel fera connoître
Lequel est de nous deux l'imposteur & le traître.

AGON.

Parle à ton tour, Hassan; mais si la vérité
Ne regne en ton discours, crains. . . . .

HASSAN.

Voici le Traité.
Il vous instruira mieux de cet affreux mistère,
Et qui de vos deux fils cherche à trahir son père.
La flotte du Chrétien déja vogue ici près,
Et dans peu doit couler le dernier sang Malais!

ABDUL, *à part.*

O Ciel! quel coup affreux!

AGON.

O crime! ô perfidie!
Il n'est donc plus pour moi de bonheur dans la vie!
Fils ingrat & barbare!

ABDUL.

Eh bien! ai-je donc tort
De vouloir éviter l'esclavage ou la mort?
Quoi! mon frère obtiendroit & Tartasse & Fatime,
Et d'un injuste choix je serois la victime,
Sans que ma main osât venger un tel mépris!
Non, je veux. . . (*Il veut tirer son poignard.*)

SINAN, *le prévenant, lui tient son poignard sur le cœur. Les Grands se levent tous, tirent leurs poignards, & fixent Agon. Sinan, la main à ses armes, reste immobile.*

Arrêtez!

AGON, (*avec transport.*)

Sinan, il est mon fils!

(*à Abdul.*) (*aux Gardes.*)
Rends toi, cruel. Allez en prifon le conduire.
(*Aux Grands.*)
Ce crime affreux changeant le deftin de l'Empire,
Amis, raffemblez vous pour défendre l'Etat,
Et que tout s'arme ici pour me fuivre au combat.

SCENE II.

AGON, HASSAN.

HASSAN.

QUoiqu'on ne parle point dans cet écrit funefte
De fon indigne auteur: la preuve eft manifefte
Que le traître Stenvic eft le feul dans ces lieux
Qui puiffe revéler ce complot odieux.

AGON.

Quel rayon d'efpérance, ô Ciel ! vient de me luire.
Quoi! Stenvic feul, dis-tu, de tout pourra m'inftruire?
Oui, je le prévoyois, ce fouple Renégat
Aura pouffé mon fils à ce lâche attentat.
Il aura fçu tromper fa jeuneffe imprudente
Par l'efpoir des grandeurs & d'une vaine attente.
Je connois trop Abdul: non, fon cœur généreux
Jamais n'eut commis feul ce fratricide affreux.
Haffan, que ta valeur féconde ma colère;
Sois le foutien du Trône & l'appui de ton père.
Une feconde fois cours, arme toi, mon fils;
Va punir le Batave & fauver ton païs,
En fuivant de ton cœur l'ardeur accoûtumée.

HASSAN.

Je vous obéïrai, Seigneur. Toute l'armée
Depuis longtems afpire après l'heureux moment
De combattre de près ce Chrétien infolent
Que nous avons vû fuir devant nous à Tartaffe.
Mais le Batave, inftruit du fort qui le ménace,
N'ofera plus, Seigneur, enfreindre le Traité.

AGON.

AGON.

Tu te trompes, mon fils; sa basse avidité
Voudra cueiller le fruit que promet cette guerre.
De sa fourbe nouvelle il attend le salaire,
Et se flatte déja de nous ravir nos biens.

HASSAN.

Du Trône de Bantan les illustres soutiens
Sçauront bien réprimer sa superbe insolence.
Mais si vous soupçonnez qu'aujourd'hui leur vaillance
Ne puisse pas suffire à défendre vos droits:
Employons le sécours des Anglois, des Danois.
Ces Peuples, on le sçait, tous Chrétiens & barbares,
Sont tous ambitieux, tous jaloux, tous avares.
Flattons pour un moment leur avide fureur
Du butin de la flotte & des droits du vainqueur;
Et nous pourrons après, si vous voulez m'en croire,
Leur disputer, Seigneur, le prix de la victoire.

AGON.

Leur alliance n'est d'aucun prix à mes yeux,
Et je méprise trop leurs bienfaits odieux:
Oui, je rédoute, Hassan, leur politique affreuse.
Leur amitié toujours est perfide & trompeuse,
Un intérêt sordide en est le vrai lien;
Et l'Or est en effet le seul Dieu du Chrétien.
Dédaignons leur sécours; & que notre courage
Triomphe seul ici: voilà notre partage.
Il est digne de nous; & nos braves Guerriers
Vont s'illustrer encor par de nouveaux lauriers.
Va donc, prépare nous le champ de la victoire,
Et dans peu je te suis pour partager ta gloire.

SCE-

SCENE III.

AGON.

JE te rend grace, ô Ciel! de me laiſſer un fils
Qui puiſſe me venger de mes fiers ennemis,
Et qui ſoit digne encor de toute ma tendreſſe!
Mais ne puis-je d'Abdul excuſer la foibleſſe?
Il eſt jeune, il eſt vif, & ſon cœur innocent
Se ſera laiſſé pendre au diſcours ſéduiſant
De l'indigne Stenvic, ce Renégat infâme,
Qui par l'Ambition a corrompû ſon âme,
Et des mœurs de l'Europe y verſant les poiſons
A ſçu contre ſon frère aigrir ſes paſſions.
Oui, mon fils, c'eſt Stenvic, c'eſt lui ſeul qui te guide,
C'eſt lui qui t'inſpira ce cruel fratricide.
Je ſçaurai te venger de ce perfide ami....
Garde, avertis Sinan que je l'attends ici....
Barbare Européen, ton ſupplice s'apprête!
Ma vengeance bientôt va tomber ſur ta tête,
Et je vais t'immoler au bonheur de Bantan,
Au repos de mes jours.....

SCENE IV.

AGON, SINAN.

AGON.

COurs, généreux Sinan,
Va ſaiſir ce Chrétien dont la fourbe maudite
S'eſt voilée à nos yeux ſous un maſque hypocrite.
Cours arrêter Stenvic à la mort condamné;
Et qu'Abdul à l'inſtant ici ſoit amené.

SCE-

SCENE V.

AGON.

QUels momens douloureux pour ma triste vieillesse!
Quel mêlange effrayant d'horreur & de tendresse!
O Dieu! soutenez moi! Qu'à vos décrets soumis,
Mon cœur puisse être juste en condamnant mon fils;
Ou rendez le plutôt à sa vertu première.

SCENE VI.

AGON, ABDUL, *Gardes au fond du Théâtre.*

AGON.

MAlgré ton crime affreux tu vois encor un père.
Je dois être ton juge, & je suis ton ami.
Réponds moi, fils ingrat! tu m'avois donc trahi?
Seul libre en Orient, tu veux te rendre esclave,
Et livrer ta patrie & ton père au Batave!
Parle, quel est ton but, & quel fut ton dessein
En t'osant allier à ce Peuple inhumain?
Réponds moi, si tu peux, ou crains que ma colère....

ABDUL.

Soit que je trouve en vous ou mon juge, ou mon père,
Je ne crains point ici de vous parler, Seigneur.
Je connois trop d'Agon la tendresse & le cœur,
Pour rédouter jamais, innocent ou coupable,
Que sa main paternelle injustement m'accable
Sans vouloir écouter un fils qui le chérit!
A moins que dans son cœur Hassan ne m'ait détruit,
Et n'ait sçû lui cacher la douleur que m'inspire....

AGON.

AGON.

Vains difcours.... On t'accufe & de trahir l'Empire,
Et d'avoir appellé le Batave en ces lieux.
Si tu peux, lave toi de ce crime odieux;
Mon cœur fera charmé de voir ton innocence.
Parle.

ABDUL.

Malgré mes foins & mon obéiffance,
De mon père jamais je ne gagnai le cœur;
Mon frère m'a toujours ravi cette faveur.

AGON.

Ingrat! depuis l'inftant que tu vis la lumière;
Depuis le même jour que ton roi, que ton père
Te reçut dans fes bras comme un préfent du Ciel:
On l'a vû te preffer fur fon fein paternel!
On l'a vû prodiguer fes foins & fa tendreffe
A toi, qui déshonore aujourd'hui fa vieilleffe!
Le Dieu de Mahomet m'eft témoin en ce jour
Si je mérite, Abdul, ta haine ou ton amour.
Lui feul fçait à quel point le bonheur de ta vie
Fut fans-ceffe l'objet de ma plus chère envie.
J'ai tout fait, j'ai tout dit, (il eft vrai je l'ai dû)
Pour t'infpirer l'honneur, la gloire, & la vertu.
J'ai fait plus: me flattant que ta fombre rudeffe
Dont s'offenfa ma Cour dès ta tendre jeuneffe,
Se feroit laiffé vaincre aux confeils de l'Iman:
J'ai, malgré la fageffe & la candeur d'Haffan,
Voulu te préférer; & mon ame enivrée
N'a pû croire qu'enfin ta main dénaturée
Plongeroit aujourd'hui le poignard dans mon fein.
L'Iman, toute la cour, ton frère même, en vain,
M'ont voulu dévoiler ton audace cruelle;
Et tu viens accufer ma bonté paternelle
Lorfque tu me trahis, & que mon cœur, hélas!
Ofe douter encor de tes vils attentats!
Eft-ce là, fils cruel! le prix de ma conftance
A prévenir tes goûts, à former ton enfance?
Seroit-ce là le fruit de mes foins imprudens
A te faire acquérir tous ces divers talens,
Tous ces arts dangereux, ces efforts du génie,
Dont l'ame, en s'éclairant, eft fouvent pervertie.

Sten-

Stenvic, à qui j'avois confié cet honneur,
Des crimes de l'Europe aura nourri ton cœur;
Tu te feras inftruit, par fon confeil perfide,
A vaincre le remords qui fuit le parricide!

ABDUL.

Je me flattois, Seigneur, que mes juftes raifons
Auroient pû diffiper ces indignes foupçons:
Mais mon cœur, pénétré des bontés de mon père,
A ce trifte devoir ne fçauroit fatisfaire.
Je remets donc ici mon fort entre vos mains;
Trop malheureux déja de caufer vos chagrins.
Mais j'ofe en attefter notre divin Prophête,
Que c'eft votre cœur feul que mon ame regrette.
La plus cruelle mort ne fçauroit m'attrifter,
Si je pouvois du moins en mourant me flatter
D'emporter vos regrets; fi mes vives allarmes
A vos yeux attendris arrachoient quelques larmes!

SCENE VII.

AGON, ABDUL, SINAN.

SINAN.

UNe flotte Batave arrivée ici près,
Vient de caler la voile & ranger fes agrêts.
Soit qu'elle en vueille à nous, foit à quelqu'autre rive,
Il eft certain, Seigneur, que cette flotte active,
Par fes drapeaux volans, le bruit de fes tambours,
Semble annoncer l'orage & menacer nos jours.
Une barque déja vient de conduire à terre
Deux de fes Chefs fuivis d'une troupe guerrière,
Et l'efquis en partant à, malgré mon effort,
Sçu m'enlever Stenvic, qu'il conduit à fon bord.

AGON.

Stenvic?

ABDUL, *à part.*

Je fuis fauvé!

SINAN.

SINAN.

Caché près du rivage,
Le traître de ce trouble a saisi l'avantage,
Et s'est enfin soustrait à votre bras vengeur.
Un de ces Officiers vous demande, Seigneur,
Un entretien secret sur un objet qui presse;
Et veut, dit-il, aussi parler à la Princesse.

AGON.

Dis lui qu'à cet honneur aujourd'hui je l'admets;
Conduis le chez Fatime, où je te suis de près.

SCENE VIII.

AGON, ABDUL.

AGON.

FIls cruel! vois le coup que ta main me prépare.
Grand Dieu!

ABDUL.

Ma main, Seigneur? Quel réproche barbare!
J'espérois que Stenvic, contraint par les tourmens,
Auroit justifié mes secrets sentimens.
Il est vrai, par mon ordre il fut chez le Batave;
Mais je ne réponds point des desseins d'un Esclave
Qui m'a trompé, sans doute, & qui vous a trahi.
Je craignois seulement qu'Hassan, enorgueilli
Par son nouveau triomphe, & fier de son audace,
Ne réunit un jour mes Etats à Tartasse.
Voilà ce qui m'a fait rechercher un sécours
Dont l'indiscrétion est fatale à mes jours.
Mais d'où vient qu'à vos coups Stenvic s'est pu soustraire?
Lui seul pouvoit, Seigneur, dévoiler ce mistère,
Et pouvoit faire voir que ce secret Traité
N'est qu'un mensonge adroit par Hassan inventé.
Il forge une alliance... Eh bien! l'ai-je signée?

Pour-

Pourquoi donc me bannir de votre ame indignée?
Je le confesse, Hassan excita mon courroux,
Et ma vivacité peut mériter vos coups.
Mais quelle ame bien née, ou quel Prince en Asie
Auroit pû supporter une telle infâmie?
Quel mortel pût jamais s'entendre, sans effroi,
Accuser de trahir sa Patrie & son Roi?
J'ai manqué, je le sçais, de respect à mon père:
Aussi je me soumets à sa juste colère,
Mais je me flatte encor que son cœur bienfaisant....

AGON.

Je ne puis satisfaire aux loix en ce moment;
Mais débrouillant bientôt un doute qui m'accable,
Je serai ton vengeur, ou ton juge implacable.
Gardes, ce Prisonnier à vos soins est commis;
Mais, malgré son arrêt, songez qu'il est mon fils(*).

(*) Ici un des Gardes rend les armes à Abdul, qu'on lui avoit ôté comme criminel d'Etat, suivant l'étiquette Malaïe.

SCENE IX.

ABDUL.

Je me suis donc tiré de ce péril extrême!
Et je pourrai, peut-être, avant cette nuit même,
Me venger d'un Rival qui causoit mes malheurs,
Et m'abreuver enfin de son sang, de ses pleurs!
Je t'invoque, ô vengeance! à mon ame si chère,
Etouffe la Nature, & soutiens ma colère!

Fin du troisième Acte.

ACTE QUATRIEME.

SCENE PREMIERE.

AGON, FATIME, HASSAN.

AGON.

Madame, diſſipez une crainte inutile,
Et n'apprehendez point de perdre votre azile,
Ni qu'Agon abandonne un dépot précieux
Qu'un Père en expirant lui remit dans ces lieux.
Calmez ſurtout, calmez ce ſuperbe courage
Dont l'ardeur peut vous nuire, & dont l'excès m'outrage.
Je ſçaurai vous défendre, & veux vous conſoler;
Mais apprennez qu'aux Rois l'art de diſſimuler,
Quoique vil en effet, eſt par fois néceſſaire,
Et leur ſert ſouvent plus qu'une ardeur temérai͏re.

FATIME.

Quoique mon courroux ſoit à ſon plus haut degré,
Seigneur, je me ſoumets à votre ordre ſacré.
Mais malheur à ce Peuple inſolent & perfide
Qui vient aigrir encor la douleur qui me guide....
Le rebut de l'Europe oſer dicter des loix?
A l'Epouſe d'Haſſan, à la fille des Rois!

AGON.

Vous êtes libre encor; & vous ſçavez, Madame,
Que, quelque ſoit l'auteur de cette indigne trame,
Le projet du Batave eſt pour nous inconnu;
Qu'il ne m'a point ſommé, moins encore vaincu.

HASSAN.

J'eſpère que leur Chef aura trop de prudence
Pour vouloir de Bantan défier la puiſſance,
Ou pour oſer, Madame, attenter en ces jours....

AGON.

AGON.

Il ne faut point ici se borner aux discours:
Quelque soit mon pouvoir, quelque soit ton courage,
Mon fils, dans ce moment le parti le plus sage
Est de dissimuler, est de bannir l'orgueil.
L'amour-propre des Rois est souvent un écueil
Où l'on voit échouër le vaisseau de l'Empire!
J'ai vû le fier Batave, occupé de nous nuire,
Tour à tour attaquer les plus puissans Etats;
Et j'ai vû que toujours le destin des combats,
Malgré sa flotte altière & sa foudre enflâmée,
A dépendu du Chef qui commandoit l'armée.
S'il n'eut donc contre nous armé que ces Guerriers
Dont la honte à Formose a terni ses lauriers;
Si Saint Martin ici ne fut venu lui-même,
On ne me verroit point cette prudence extrême.
Mais je connois ce Chef, & sçais qu'à la valeur
Il joint ce grand sang froid nécessaire au vainqueur.
Non, que je craigne encor sa fatale puissance,
Mais son grand nom exige au moins la défiance.
Il desire aujourd'hui nous parler à tous deux:
C'est à vous de sonder son cœur ambitieux,
Madame, c'est à vous de lui faire connoître
Que libre dans ma Cour vous y vivez sans maître,
Et que personne ici ne vous prescrit la loi.
En suite, s'il le veut, qu'il s'explique avec moi;
Je pourrai près de vous lui donner audience.
Toi, mon fils, quelque soit un projet qui t'offense,
Rassemble sous nos murs tous nos Guerriers épars,
Et que leurs bataillons entourent nos remparts.

SCENE II.

FATIME.

Quelque soit le destin que le sort me prépare,
Je ne rédoute plus la fortune barbare!

Mon père a vû périr par le fer des Chrétiens
Une Epouſe adorée, & ſon Trône, & les ſiens!
Et moi, de ſes malheurs triſte & foible héritière,
J'ai perdu dans ces murs mon eſpoir & mon père!
Et le Batave encor, pour combler mon courroux,
Pour agraver mes maux, m'offre Abdul pour époux!
Abdul, ce fils ingrat! la honte de l'Aſie!
L'opprobre de Bantan!.... Ah, fortune ennemie!
Si tu peux contre moi déployer ta fureur,
Ne compte pas pouvoir diſpoſer de mon cœur!

SCENE III.

FATIME, SAINT MARTIN.

SAINT MARTIN.

JE ne m'étonne plus, adorable Fatime,
Qu'on rende à vos attraits un tribut légitime,
Puiſque l'on voit en vous le plus bel ornement
Qui jamais ait paru dans les Cours d'Orient.
La Batavie aſpire à combler votre gloire,
Madame, en couronnant des mains de la victoire
Ce front noble & modeſte où ſiége la candeur:
Elle veut pour toujours bannir de votre cœur
L'odieux ſouvenir de nos triſtes querelles;
Et je viens pour donner des preuves ſolemnelles
De ſon zéle pour vous; je dois enfin ſécher
Les larmes que ſa gloire a pu vous arracher.

FATIME.

Le nom de Saint Martin & ſa ſage prudence
Ne ſont pas moins connus que ſa haute vaillance;
Et ſi l'eſpoir encor pouvoit flatter mon cœur,
J'attendrois tout des ſoins d'un tel Ambaſſadeur:
Non, l'Europe jamais, pour fléchir ma colère,
N'eut pu choiſir un Chef qui ſçut moins me déplaire.
Mais, après mes malheurs, comment puis-je jamais
Pardonner au Batave, ou ſouſcrire à la paix?

De quel bandeau royal veut-il ceindre ma tête?
Après m'avoir ravi par sa triste conquête,
La fertile Célébe; après que sa fureur
M'enleva dans un jour mon Trône & ma grandeur,
Seigneur, quel est enfin le projet de vos maîtres?

SAINT MARTIN.

Si la belle Fatime, ainsi que ses ancêtres,
A Célébe aujourd'hui pouvoit donner des loix;
Si sa main possédoit ce pouvoir qu'autrefois
L'Inde vit exercer à son illustre Père;
Où si quelque Sultan, épousant sa colère,
Arboroit l'étendart de la rébellion,
Et pouvoit lui former la moindre faction:
Elle pourroit alors avec raison prétendre
Un compte plus exact que je ne dois lui rendre.
Mais puisqu'un sort heureux, déja depuis seize ans,
A fait passer Célébe aux Chrétiens triomphans;
Et puisque l'Inde enfin n'a pour loix, n'a pour maître,
Que ceux que le Batave y veut bien réconnoître:
Je crois que la prudence aujourd'hui lui suffit
Pour choisir le parti que sa gloire prescrit.
Le Batave touché, Madame, que vos charmes
Sans-cesse soient en proïe à de tristes allarmes,
Veut calmer vos chagrins, & vous donne en ce jour
Le Trône de Boni: mais il faut sans retour
Renoncer à des droits qui vous sont inutiles.
Et puisque nos Guerriers, triomphans & tranquilles,
N'ont plus à rédouter votre effort impuissant,
Je crois que vous devez regarder ce présent
Comme un gage certain de la secrette estime
Qu'inspirent à nos cœurs les vertus de Fatime.
Mais comme ces climats ne vous sont pas connus,
Que votre Peuple même ignore vos vertus,
Le Batave vous offre un plus digne partage:
Il veut que vos attraits brillent sur ce rivage;
Il veut vous rendre heureuse; & la gloire sera
De vous voir préférer le séjour de Java
A ce Peuple mutin, à ces païs barbares.

FATIME.

Quoique ces vains difcours me paroiffent bizares,
Je voudrois bien fçavoir à quel Roi les Chrétiens
Veulent ravir pour moi fa Couronne & fes biens?
De quel Etat par eux la perte enfin fe trame?

SAINT MARTIN.

Nous n'ufurpons jamais. Mais apprenez Madame,
Que la gloire de l'Inde eft remife en nos mains,
Que nous devons fixer pour jamais fes deftins,
Et que lorsqu'il nous plaît nous donnons des Couronnes.
Et puisqu'Agon enfin abdique fes deux Trônes,
Nous avons trouvé bon de nommer pour Sultan,
Abdul, dont les vertus illuftrent l'Orient.
Il eft digne de vous. Et le Batave efpère
Qu'un tel époux fçaura de votre humeur fevère
Fléchir l'auftèrité; que cet hymen heureux
Réparera les torts d'un fort trop rigoureux.

FATIME.

Lorsque feize ans paffé, par un deftin injufte,
Je dûs fuivre mon Père à cette Cour augufte:
J'appris dès ma jeuneffe à refpecter fon Roi.
Lui feul peut difpofer de ma main, de ma foi.
Mais jamais l'intérêt ne ferrera mes chaînes.
Je laiffe cet opprobre à vos femmes Chrétiennes.
Je cherche dans l'hymen le bonheur le plus doux,
Et ce bonheur fera la vertu d'un époux.
D'un fort trop inconftant fi je fus la victime,
C'eft au fort à rougir & non pas à Fatime!
Mais je ne croyois pas que jamais Saint Martin
Eut pû me reprocher mon malheureux deftin;
Que d'avides Marchands euffent ofé prétendre
Qu'aujourd'hui de leur choix ma main devoit dépendre;
Et qu'enfin leur orgueil voudroit dicter des loix
Au généreux Agon, au plus digne des Rois.
Ils n'ont crû voir ici que des lâches efclaves,
Mais l'Inde compte encor des Rois libres & braves
Qui fçauront me venger.

SAINT MARTIN.

Il m'eft très douloureux
D'apprendre que l'on croit que mes foins généreux,

Que

Que mes ſages conſeils ne ſont que des outrages,
Et que Fatime enfin dédaigne mes hommages.
Mais ceux que, par mépris, elle appelle Marchands,
Fondent toute leur gloire & leurs deſtins brillans
Sur ce nom; & leur bras, utile à la Patrie,
A vaincu l'Amérique & ſubjugé l'Aſie:
Le Sultan de Cochim, qu'ont ſoumis nos exploits,
A ces mêmes Marchands doit ſon Sçeptre & ſes droits:
La fertile Ceylan, du Portugais l'eſclave,
Sur les murs de Candi vit l'Etendart Batave,
Et quant à la valeur de vos braves Guerriers,
L'Inde peut aujourd'hui la voir dans nos lauriers.

FATIME.

Le ſort des Nations dépend de la fortune;
Leurs chûtes ont ſouvent une cauſe commune:
Tour à tour le jouët d'un aveugle deſtin,
Telle brille aujourd'hui qui s'éclipſe demain.
Mais l'Orient, Seigneur, jamais n'auroit pû croire
Qu'un Peuple libre & fier eut pû ternir ſa gloire
Par la ſoif des tréſors; & que le Japonnois
Lui verroit abjurer & profaner la Croix.

SAINT MARTIN.

Madame, je vois bien qu'il ne m'eſt pas poſſible
De diſſiper l'erreur de votre ame inflexible.
J'eſpère que bientôt le Batave, en ces murs,
Vous perſuadera par des moyens plus ſurs;
Et l'amitié d'Agon préviendra, ſans doute,
Les ſuites des conſeils que votre cœur écoute.

SCENE IV.

AGON, FATIME, SAINT MARTIN.

SAINT MARTIN.

Un Peuple triomphant, vainqueur de ces climats,
L'arbitre de l'Aſie & l'appui des Etats;

 Qui,

Qui, guidé par l'honneur, conduit par la victoire,
Jouit de ses hauts-faits dans le sein de la gloire:
Vient d'apprendre, Seigneur, avec étonnement,
Qu'une vaine dispute, un dessein imprudent
Pourroit bien de Java troubler la paix publique,
Si l'on ne prévenoit ce complot chimérique.
Le Batave attentif à calmer les souçis,
Sçait abaisser l'orgueil & venger ses amis:
Et quoiqu'il veuille en tout le bonheur de l'Asie,
Java fixe surtout les yeux de ma Patrie.
Elle y veut maintenir la justice & la paix,
Et vous fait par ma bouche annoncer ses decrets.
Elle a mis en mes mains son glaive & sa balance,
Agon peut, s'il le veut, abdiquer sa puissance,
Et le Trône par lui peut être abandonné,
Mais il doit respecter les droits d'un fils ainé.

AGON.

Est-ce là tout, Seigneur, ce qu'on devoit m'ap-
prendre?

SAINT MARTIN.

Je ne crois pas avoir ici de compte à rendre.
Je viens pour publier à la Cour de Bantan
La loi que le Batave impose à l'Orient;
Je viens pour annoncer sa volonté suprême
A Fatime, à vos fils, & surtout à vous même.
Abdul est votre ainé; lui seul doit hériter
La Trône de Bantan que vous voulez quitter.
Lorsqu'à ce point, Seigneur, je vous verrai souscrire,
Du reste de mes soins je pourrai vous instruire.

AGON.

Quel droit ose alléguer le Batave en ce jour?
Pour me donner la loi dans le sein de ma Cour,
Et pour vouloir ici m'imposer cette honte.

SAINT MARTIN.

La victoire, Seigneur, qui jamais ne rend compte
Au Peuple subjugué qui tremble sous ses loix,
Et qui regle à son gré la fortune des Rois.
Quel Peuple en Orient, quelle Mer en Asie
Ne vit pas chaque jour triompher ma Patrie?
Quel Sultan à sa gloire a-t-on vû s'opposer
Par-tout où ses Guerriers à peine ont pû percer:

Des

Des rives où l'aurore éclaire cet Empire,
Jusqu'aux bords de ces mers où le Soleil expire.
Coromandel, Ceylan, Malacca, Malabar,
La victoire vous a tous liés à son char.
O *Hemskerk* & *Van Goens*! de qui les mains vaillantes
Ont sçu nous conquérir trois Couronnes brillantes;
Houtman, *Coen*, *Matelief*, vous Héros immortels
Dont les nobles exploits méritent des autels,
Votre gloire dans l'Inde illustra ma Patrie
En chargeant de ses fers les Sultans de l'Asie!
  Si ces haut-faits, Seigneur, ne vous suffisent pas,
Vous y pouvez encor joindre d'autres Etats:
Leur bras victorieux des plus riches Provinces,
Subjugua tour à tour vos plus superbes Princes.
Macassar, abattu sous ce bras triomphant,
Remit en leur pouvoir les clefs de l'Orient:
Banda, la riche Amboine & nombre d'autres Isles
Durent à ces Héros céder leurs champs fertiles;
Et lorsque le Flamand domptoit le Bouginois,
Et de Ceram rangeoit les côtes sous nos loix:
Le brave *Van der Stel* d'une main bienfaisante
Défrichoit une terre aride & languissante,
Voyoit germer la Vigne & faisoit la Moisson
Où jadis habitoient le Tigre & le Lion.
Les monts affreux du Cap & ses forets terribles,
Changés par son génie en des plaines paisibles,
Lui doivent leur bonheur & leur fertilité,
Et si nous imitons sa noble activité,
J'espère que dans peu l'on verra dans l'Afrique
Notre pouvoir s'étendre au delà du Tropique.
  Du Batave, Seigneur, voilà quels sont les droits.

AGON.

  Admirer des Héros & vanter leurs exploits
Est plus aisé, Seigneur, que de pouvoir répondre
A de justes raisons qui doivent vous confondre.
Mais quiconque connoît tous vos subtils détours
Doit s'attendre sans-cesse à de pareils discours.
Je m'apperçois pourtant (soit oubli, soit prudence)
Que vous passez ici d'autres faits sous silence.
Formose subjugué par le lâche Chinois,
Qui sçut faire trembler votre flotte deux fois:

L'infortuné Cojet banni par vos Grand-hommes,
A la honte de l'Inde & du ſiècle où nous ſommes:
Mozambique, en dépit de vos fiers Généraux,
Trompant jusqu'à trois fois l'eſpoir de vos Héros:
Et quoique l'on ignore à quel titre ſervile
Le Batave au Japon ſçut trouver un azile,
Malgré ce qu'il en dit, je doute fort, Seigneur,
Que ſon ſéjour y ſoit le fruit de ſa valeur
Et que le Japonnois lui céde la victoire.
A Java même encor, pour y combler ſa gloire,
Il manque quelque choſe à ſon ambition,
Qu'il ne peut obtenir. . . . .

SAINT MARTIN.

C'eſt?

AGON.

De ſoumettre Agon.

SAINT MARTIN.

Tout eſt prêt pour cela. Cette réponſe altière
Va vous faire ſentir le poids de ſa colère.
Madame, le Batave aſpirant à vous voir,
En partant m'a chargé de remplir cet eſpoir,
Et de vous emmener: que dois-je lui répondre?

FATIME.

Que l'on verra la terre & le Ciel ſe confondre
Avant que je ſouſcrive à ce projet affreux!

SCENE V.

AGON, FATIME, HASSAN.

HASSAN.

SAns doute, ayant prévu nos deſſeins généreux,
L'Ennemi va, Seigneur, deſcendre ſur la rive;
Et, ſi j'en crois mes yeux, bientôt ſa flotte active
Doit nous donner des fers ou va les recevoir.
Le Peuple de Java, fidèle à ſon devoir,

A mon

A mon premier ſignal vient ici de ſe rendre.
Le glaive étincelant, prêt de tout entreprendre,
Arme déja ſa main : il n'attend plus que nous
Pour marcher au combat, pour diriger ſes coups;
Et nos braves Guerriers, pleins d'un noble courage,
Ne reſpirent que ſang, que vengeance & carnage.

AGON.

Allons: il en eſt tems, marchons aux ennemis;
Puniſſons leur audace, & que nos bras unis,
Prévenant leurs deſſeins, défendent nos murailles.
Allons tenter, Haſſan, le deſtin des batailles.
Nous les paſſons en nombre & peut-être, en valeur:
Mais le nombre, mon fils, n'eſt pas toujours vainqueur,
Et l'on voit quelque fois triompher le moins braves.
Tache donc d'imiter les ruſes du Batave:
Retiens de nos Soldats l'impétueuſe ardeur,
Ce courage fougueux qui tient de la fureur.
Souviens toi que tu vas combattre pour Fatime,
Et que tu dois punir le Tyran qui l'opprime;
Que tu défends ton Peuple, & ton père, & ton Roi,
Que tu dois triompher, ou mourir avec moi!

SCENE VI.

FATIME, HASSAN.

HASSAN.

MAdame, le deſtin me paroît moins barbare,
Puisqu'enfin au combat le Sultan ſe prépare;
Qu'il ne rédoute plus ces fiers Républicains
Dont l'orgueil veut regler les droits des Souverains.
Je me flattois auſſi de calmer vos allarmes,
Mais je vois vos beaux yeux obſcurcis par les larmes,
Et j'entends vos ſoupirs. Ce ſuperbe Etranger
Auroit-il eû l'audace?.... Ou bien de ce danger

Qui

Qui menace nos jours votre ame eſt elle atteinte?
Mais non, votre grand cœur ne connoît point la crainte.
Malheur donc à celui qui cauſe vos douleurs!

FATIME.

Ce n'eſt point ſur mon ſort que je verſe des pleurs.
Au deſſus d'un deſtin qui trompa ſon attente,
Rien ne peut étonner le cœur de votre Amante.
Je tremble pour vous ſeul: vous me voyez frémir
Quand je penſe aux dangers que vous allez courir.
Mon ame eſt trop liée au ſort de votre vie
Pour ne point rédouter la fureur ennemie,
Qui rappelle ſans-ceſſe à mes ſens allarmés
Ces globes déſtructeurs, ces foudres enflâmés,
Que précéde la mort & que ſuit la victoire,
Que vous feront braver la patrie & la gloire.
Songez que je préfére Haſſan à l'Orient,
Et que Fatime, hélas! perd tout en vous perdant!
Mais non, Seigneur, mais non: je ſens trop que mon ame,
Rougit de vous montrer ces foibleſſes de femme.
Partez, puiſque l'amour doit céder à l'honneur.
Allez ſauver Bantan & revenez vainqueur;
Soyez grand, généreux en dépit de mes larmes!

HASSAN.

Madame, quelque ſoit le deſtin de nos armes,
Soit que j'obtienne enfin la vengeance ou la mort,
Mon cœur ſera content de ſon glorieux ſort.
Où trouver, en effet, un mortel qui n'envie
Celui qui doit défendre & vous, & ſa patrie,
Qui doit vous poſſéder s'il revient triomphant,
Ou qui du moins aura vos regrets en mourant.
Mais ſi quelque ſouci peut me troubler, Madame,
Ou ſi la moindre crainte intimide mon ame,
Ce n'eſt pas que mon cœur rédoute de mourir:
C'eſt votre ſort cruel qui m'oblige à gémir!
Hélas! après ma mort que deviendra Fatime?
Si l'on voit triompher le Tyran qui l'opprime!
S'il vous contraint un jour de prendre pour époux
Un Prince indigne, hélas! de ſon ſang & de vous!

FATI-

FATIME.

Ne craignez point, Seigneur, de pareilles disgraces:
Je brave le Batave & crains peu ſes ménaces.
Les flots de l'Océan, élancés jusqu'aux Cieux,
Déroberont Sumatre & Célébe à nos yeux,
Bornéo périra par la fureur de l'onde,
Et la foudre céleſte écraſera ce monde,
Avant que le Batave appaiſe mon courroux,
Avant que cette main accepte un autre époux!
Mais ſi, dans le combat, vous penſez à Fatime,
Si quelque tendre ſoin pour elle vous anime:
Au milieu du péril, dans le ſein du malheur,
Ne rédoutez jamais de voir fléchir ſon cœur,
Ou que ſa main un jour puiſſe ternir ſa gloire.
Partez, Seigneur, volez au champ de la victoire.
Souvenez vous toujours qu'un aveugle hazard
Ne règle point le ſort du ſang de Macaſſar;
Que je ſuis de ce ſang, que j'en ſuis la dernière,
Qu'Haſſan eſt mon époux, que ſa gloire m'eſt chère,
Et qu'avant de trahir ou mon ſang, ou mes vœux,
Ce poignard préviendra la honte de tous deux!

Fin du quatrième Acte.

ACTE

ACTE CINQUIEME.

SCENE PREMIERE.

FATIME.

NOn, Haſſan, non jamais le ſuperbe Batave
Ne me verra ramper à ſes piés en eſclave,
Et malgré ſes efforts ſon Conſeil arrogant
Ne pourra me contraindre à trahir mon Amant.
L'Orient qui des miens connut toute la gloire,
Ne me verra jamais obſcurcir leur mémoire
Par la moindre baſſeſſe; & ſi le Ciel enfin,
Pouſſant jusques au bout mon malheureux deſtin,
Rend encor aujourd'hui mes eſpérances vaines,
Et veut tarir le ſang qui coule dans mes veines:
Je deſcendrai du moins avec gloire au tombeau!
Au tombeau! . . Mais aurai-je, hélas! un ſort ſi beau?
Qui ſçait? ſi le jouët d'une aveugle colère,
Je ne ſubirai point le deſtin de ma mère!
Si de mon corps ſanglant les membres diſperſés
Ne feront pas un jour au Batave expoſés!
Si l'on ne verra point ſur cette triſte rive
Fatime abandonnée, errante & fugitive!
Ciel! tel feroit mon ſort au plus beau de mes ans!
Moi, qui devois jouir des jours les plus brillans,
Moi, qui, dès le berceau, fus deſtinée au Trône,
Et qui pouvois prétendre une double Couronne.
Mais non, mes pleurs ceſſez: il eſt tems que mon cœur
Faſſe éclater enfin ſa haine & ſa fureur.
O toi! de qui l'orgueil, ſans doute, nous prépare
Le joug le plus honteux, le ſort le plus barbare!

Daigne le juste Ciel à la fin te punir,
Et t'accabler des maux que tu m'as fait souffrir!
Puissai-je voir, Batave, à mes heures dernières,
Tes enfans étouffés dans le sang de leurs pères;
Et puissent tes Guerriers, l'un sur l'autre expirans,
Voir contre nos remparts écraser leurs enfans!
Qu'aux coups du Cingalois & de l'Arabe en bute,
Tout l'Orient charmé puisse admirer ta chûte;
Ou que, pour plus d'horreur & d'opprobre à la fois,
Tu puisse succomber sous le lâche Chinois!
Mais le bruit foudroyant de ton Artillerie
De la mort qui s'avance annonce la furie;
Et peut-être déjà nos plus braves Guerriers
Succombent sous l'effort de tes coups meurtriers!...
L'Iman ne revient pas: sa débile vieillesse
Semble oublier combien son retour m'intéresse.

SCENE II.

FATIME, IBRAHIM.

FATIME.

IBrahim, est-ce vous? Quel espoir consolant
Pour Agon, pour Fatime & pour tout l'Orient
Venez vous m'annoncer?

IBRAHIM.

Du haut de nos murailles
J'ai vu la flotte altière & l'apprêt des batailles.
La Mer & nos remparts paroissent animés,
Tandis qu'on voit au loin les vaisseaux enflâmés,
Que l'Ange de la mort vient planer sur nos têtes,
Et semble présager de funestes tempêtes.
J'ai vû, près de nos murs, en de nombreux Esquifs,
Descendre le Batave; & ses Soldats actifs,
Profitant du Canon qui lance au loin l'orage,
D'une intrépide main planter sur le rivage

Les

Les Drapeaux déployés de ce fier Conquérant
Sous leqnel aujourd'hui gémit tout l'Orient.
Pour un moment il règne un horrible filence,
Dans cet inftant l'Armée & fe forme, & s'avance.
Sortant de leurs vaiffeaux ces divers bataillons
Courent tous fe ranger près de leurs pavillons:
Leurs Soldats courageux à l'envi fe fuccédent,
Tandis qu'un feu roulant & la mort les précédent.
Au centre on apperçoit le tranquille Chrétien,
Et fur les deux côtés le bruyant Indien;
Qui, foumis à l'Europe, en trifte & lâche efclave,
Vient traîner à Java les vils fers du Batave.
L'Or qui brille à l'armure & d'Agon & des fiens
Va fléchir fous le plomb & le fer des Chrétiens;
Et malgré leur éclat, nos Guerriers magnanimes
D'un métal déftructeur vont être les victimes.
L'Or n'eft que pour celui qui fçait ufer du fer,
Et le fer du Batave ici fçait triompher.
Quelle que foit enfin notre ardeur, notre audace,
L'art de l'Européen de beaucoup nous furpaffe;
Et je tremble qu'Agon ne perde en ces momens
Un Sçeptre que fa main poffédа cinquante ans,
Un Sçeptre qu'il ne doit qu'à fon noble courage,
Et dont il fçut toujours faire un fi digne ufage.

FATIME.

Que fait Haffan?

IBRAHIM.

Haffan, à la tête des fiens,
Eft le feul qui s'oppofe aux efforts des Chrétiens;
Et foit qu'il fe défende ou marche à la victoire,
Il ne s'écarte point du chemin de la gloire.
Son bras plonge aux enfers le Macaffarien
Qui brava fi longtems l'orgueil Européen;
Le Timore veut fuir fa valeur indomptable,
Tous craignent de tomber fous fon fer rédoutable.
Agon fent la vieilleffe, & que nos derniers ans
Doivent couler en paix loin des dangers preffans:
La plus fière valeur en fes yeux étincelle,
Mais on voit dans fes mains fon poignard qui chancelle.
Sinan pare les coups qui fondent fur Agon,
Et par fes nobles faits illuftre fa maifon.

FATIME.

FATIME.

Il eſt tems, cher Haſſan, qu'au combat je te ſuive.
Voudroit-on que Fatime, indolente & craintive,
Se bornat à pleurer les malheurs de Bantan,
Tandis que tu combats notre commun Tyran?
Non, je veux à tes yeux braver la Batavie,
Combattre pour Agon, pour toi, pour ta patrie;
Egaler ta valeur, ou mourir près de toi.
Le ſang de Macaſſar ne connoît point l'effroi!
Dans un pareil danger ma mère courageuſe
Périt à Samboupo d'une mort glorieuſe.
Si je n'ai pû des miens hériter la grandeur,
J'en ai du moins appris à mourir ſans frayeur.
Je veux montrer que j'ai leur audace en partage,
Et que l'Europe tremble au bruit de mon courage.
Iman, guidez mes pas: il ne faut plus ici
Se borner à des pleurs, du foible ſeul l'appui.
Il faut venger les miens, il faut venger l'Aſie,
Allons, il faut punir la fière Batavie.
En quelqu'endroit que ſoit l'armée en ce moment,
Mon cœur y ſçaura bien découvrir mon amant!

IBRAHIM.

Daignez calmer, Madame un inſtant ce courage;
Nadine, par ſon zêle amenée au rivage,
Viendra de notre ſort vous inſtruire en ces lieux.
La voici.

FATIME.

La douleur eſt peinte dans ſes yeux!

SCENE III.

FATIME, IBRAHIM, NADINE.

FATIME.

AH! je ne lis que trop, Nadine, dans tes larmes
Et le deſtin d'Haſſan, & le ſort de nos armes!

NADINE.

Haſſan vit & combat, mais Agon eſt bleſſé.
Apprenez en tremblant tout ce qui s'eſt paſſé!
Pour la troiſième fois le courage inutile
De nos braves Guerriers repouſſés vers la ville
A l'aſpect nos murs ſembloit rénaître enfin,
Et, peut-être, auroit-il triomphé du deſtin.
Ils voient ſur nos remparts leurs femmes effrayées,
Invoquant le Prophête & dans les pleurs noyées:
Le déſeſpoir redouble & ſoutient leur valeur.
Les Bataves alloient éprouver leur fureur,
Déja même on voyoit fuir leurs fières Cohortes:
Lorsqu'on entend ſoudain, à l'une de nos portes,
Un bruit confus mêlé de mille cris percans:
Voici, dit-on, *Abdul, dont les coups triomphans*
Dans le ſang des Chrétiens doivent laver ſa honte!
Agon, qui craint d'abord une rumeur ſi prompte,
Eſt père, & croit enfin qu'un noble repentir
A ſçû toucher ſon fils, & céde à ce plaiſir.
Il montre au loin Haſſan: *vois*, dit-il, *vois ton frère,*
Et ſois ainſi que lui le vengeur de ton père!
Le traître en ce moment, dans un calme odieux,
S'avance vers Agon & le frappe à nos yeux!
Va, dit-il, *où bientôt mon frère te doit joindre,*
Et juge ſi ſon bras pour Abdul eſt à craindre!
Il dit, & fait briller ſon poignard tout ſanglant,
Puis fixe ſes regards ſur ſon père expirant,
Mais frémit néanmoins lorsqu'il voit ſa bleſſure.
Dieu, qui l'abandonna, fait parler la nature.
Le poignard du remords déja navre ſon cœur,
Et l'on voit dans ſes yeux le déſeſpoir vengeur.
Chacun reſte immobile à ce coup qui le tuë,
Et les Guerriers Chrétiens vers nous tournent la vuë:
Ces hommes qui ſans-ceſſe affrontent le trépas,
Et qui bravent le feu, la mer & les combats,
Reculent tous d'horreur; & leur cœur inflexible
A parû déteſter cet attentat horrible!
Le fidèle Sinan prend ce moment d'effroi
Pour conduire à la ville & pour ſauver ſon Roi;
Tandis que nos Guerriers, pour défendre leur maître,
Fondent avec fureur ſur les Soldats du traître

Malgré

Malgré le plomb cruel qui déchire leurs flancs,
Mais un désordre affreux se met dans tous leurs rangs:
Hassan, qui voit des siens la valeur inutile,
Céde, mais en Héros, & revient vers la ville
Pour sauver les débris de ses fiers bataillons.

FATIME.

Est-il donc ici bas, grand Dieu! des Nations
Qui ne puissent jamais appaiser ta colère?
Ou seroit-il aussi des mortels sur la terre
Que ta main abandonne aux caprices du sort!
A quoi sert donc ta foudre! à quoi sert le remord!
Si ces humains pervers dont nous sommes victimes,
D'un front calme & serein jouissent de leurs crimes!
Qui donc de l'innocent pourra tarir les pleurs?
Si la vertu succombe à de si grands malheurs!
Que sert au digne Agon le tendre témoignage
De son Peuple admirant ses vertus, son courage;
Et d'avoir consacré ses travaux, ses bienfaits,
A protéger le juste, à maintenir la paix!

IBRAHIM.

Ne bornons point de Dieu la sagesse éternelle,
Et n'accusons jamais son amour paternelle.
Si nous voyons le juste opprimé du méchant,
Et l'injuste jouir d'un bonheur apparent;
Si la vertu paroît inutile, ou funeste:
Madame, espérons tout de la bonté céleste
Qui fera triompher les vertus à leur tour.
Si tout n'est pas parfait, tout le doit être un jour!

FATIME.

Le crime en attendant semble regir la terre,
Et couronne aujourd'hui l'assassin de son père!
Agon, que sa sagesse à l'Empire éleva,
Arrose de son sang les rives de Java!
Mais qu'ai-je à rédouter pour me laisser abbatre?
Puisqu'Hassan vit encor, puisqu'Hassan peut combatre.
Le noble sang Malais, qui sçait braver le sort,
A des liens honteux préférera la mort.
Le Batave d'Hassan ignore le courage,
Mais il sçaura bientôt comme il venge l'outrage,
Il apprendra quel sang anime son grand cœur,
Et sentira le poids de son glaive vengeur.

Agon, quoique bleſſé, dans ce péril extrême,
Peut le forcer encor à trembler pour lui-même.

NADINE.

Non, j'ai vû le Sultan; il ne peut plus, hélas!
Préſider au Conſeil, ni marcher aux combats.
Agon ſe ſent frappé d'une funeſte atteinte,
Et n'attend que la mort, mais il l'attend ſans crainte;
Et malgré la pâleur qui couvre tous ſes traits,
Ses yeux brillent toujours de cette douce paix
Que donne la vertu, que ſoutient le courage,
Et qui du Héros ſeul peut-être le partage. . . .
Mais que nous veut Sadi? Son régard inquiet
Semble nous annoncer quelque nouveau forfait.

SCENE IV.

FATIME, IBRAHIM, NADINE, SADI.

SADI.

HAſſan, par l'ennemi repouſſé vers la ville,
Traça ce peu de mots dans un moment tranquille:
Si vous daignez, Madame, en croire ſon avis,
Il vous faut prévenir les pas des ennemis,
Et ne pas différer d'un inſtant à me ſuivre.

FATIME.

Donne moi. Cher Amant! dois-je mourir ou vivre?
(*Elle lit.*)
Fatime daignez joindre au plutôt votre époux,
Puiſqu'ici, hors l'honneur, tout eſt perdu pour nous!
Viens, Sadi, conduis moi. Dans ce malheur extrême,
Ce que je crains le moins, Haſſan, c'eſt la mort même!

SCE-

SCENE V.

IBRAHIM.

Hélas, c'est donc ainsi que les tristes mortels
Doivent subir, grand Dieu! tes décrets éternels?
Quand la brillante aurore annonçoit la lumière,
Et que l'astre du jour commençoit sa carrière,
Trop malheureux Agon, qui jamais auroit cru
Qu'aujourd'hui ton pouvoir eut encor disparu.
Divine Providence! immortelle sagesse!
Non, je n'en doute point, ta prudente tendresse
Cache aux yeux des mortels le livre des destins,
Pour que l'homme ici bas remplisse tes desseins.
C'est par là que son cœur, au sein de la souffrance,
Jouit du moins encor de la douce espérance:
Espérance propice! heureuse obscurité!
Qui soutient les humains dans la calamité.
Et qui pourroit, ô Dieu! supporter sans murmure
Les malheurs dont ta main afflige la nature:
Si l'on n'espéroit pas en tous tems, en tous lieux,
Que tout ce que tu fais, tu le fais pour le mieux!
Mais quels tristes accens!.. Hassan, quoi! ta vaillance
A dû céder?... Mais non: c'est le Roi qui s'avance.
J'entends les cris du Peuple, & vois couler ses pleurs.
Hélas! que ces regrets présagent de malheurs!
O vous, de qui la main jadis séchoit nos larmes,
Que dans ce jour d'horreur vous nous causez d'allarmes!

SCENE VI.

AGON *soutenu par* SINAN, IBRAHIM.

IBRAHIM.

O Gloire de l'Asie! ô Sultan généreux!
Vous, qui futes toujours l'appui des malheureux,

Vous, dont la vertu feule animoit fa grande ame,
Quoi! la mort de vos jours va donc trancher la trame.

A G O N *assis.*

Oui, de l'humanité je vais remplir le fort,
Et puisque j'ai vêcu je dois fubir la mort.
Trop heureux, cher Iman, à mon heure dernière,
De pouvoir fans remords voir finir ma carrière.
Il m'est bien douloureux, fans doute, d'expirer
Par la main de mon fils; mais qui peut pénétrer
Les fuprêmes décrets d'un Dieu clement & jufte
Qui cache les reffotts de fa puiffance augufte....
Fatime eft-elle ici?

I B R A H I M.

Non: Haffan l'a tantôt
Fait prier par Sadi de le joindre au plutôt.

A G O N *à Sinan.*

As tu quelque réponfe?

S I N A N.

Oui, Seigneur: celui-même
Que nous avions chargé de votre ordre fuprême,
M'a dit, que votre fils, fidèle à fon devoir,
Dans peu, quoiqu'à regret, remplira votre efpoir;
Qu'aux remparts de Tartaffe & que dans l'Inde entière,
Dans le fang du Batave il vengera fon père;
Et que, dès que Fatime aura rejoint fes pas,
Il marche pour fauver fon Peuple & fes Etats.

A G O N.

Amis, puifque le Ciel, au bout de ma carrière,
Ne permet point qu'Haffan me ferme la paupière:
Inftruifez ce cher fils des fecrets fentimens
Qui rempliffent mon ame en ces derniers momens;
En ces momens où loin & du crime & du monde,
Elle va du tombeau goûter la paix profonde.
Dites lui que fon père, ainfi que lui, jadis
Fut errant, fugitif, mais craint des ennemis;
Qu'un jour, ainfi que moi, remontant fur le Trône,
Il jouira des biens que la vertu nous donne,
Que feul libre en Afie & ne rédoutant rien,
J'ai toujours méprifé le Confeil du Chrétien;
Ce fuperbe Confeil, de qui la main perfide
Ne m'a pû vaincre ici que par un parricide.

Iman,

Iman, dis-lui qu'Agon, par Abdul égorgé,
Par le Batave même en peu sera vengé;
Que ce monstre sera leur première victime,
Qu'il sçaura d'eux comment le Ciel punit le crime;
Et qu'enfin le Batave à des traits ennemis
Lui même cédera. . . . Mais quels lugubres cris
Viennent troubler mon ame en cet instant suprême?
Quoi! c'est Nadine, ô Ciel! Ah, je perds l'espoir même!

SCENE VII. ET DERNIERE.

AGON, IBRAHIM, SINAN, NADINE.

AGON.

Que fait Hassan, Nadine?

NADINE.

O coups inattendus!
Ciel! est-ce là le prix que tu dois aux vertus?
Seigneur, de nos malheurs sachez les tristes suites.
Lorsqu'aux piés de nos murs Sadi nous eut conduites,
Qu'il nous eut fait entrer dans un chemin couvert,
Où votre digne fils, avec lui de concert,
Devoit se joindre à nous pour défendre Fatime:
Elle sent redoubler le transport qui l'anime.
Malgré l'obscurité, malgré notre embarras,
Elle vole, & je suis avec peine ses pas.
A la fin la lumière à nos yeux est renduë:
Mais, ô Ciel! quel objet vient frapper notre vuë!
C'est Hassan égorgé, qui, noyé dans son sang,
A de son assassin le poignard dans le flanc.
Je m'écrie, & Fatime, en un morne silence,
Leve les yeux au Ciel, puis vers Hassan s'élance!
Elle reste immobile auprès de votre fils.
L'infidèle Stenvic, le seul des ennemis
Qui s'approche de nous, ose toucher Fatime.
Mais à l'instant sa main, que la douleur anime,
Arrachant le poignard du corps de son amant,
Dans le cœur de Stenvic le plonge encor fumant.

Telle

Telle on voit dans les airs une foudre imprévuë
Pour punir les mortels s'élancer de la nuë!
Puis, ô malheur affreux! elle frappe ſon ſein
Du poignard qu'a ſouillé le ſang de l'inhumain!
J'y cours, mais c'en eſt fait: elle étoit chancellante,
Malgré moi, ſur Haſſan elle tombe expirante:
Trop cher Amant! dit-elle, *au moins j'ai ſçû venger*
Ton trépas glorieux, que je vais partager!
J'ai puni l'inhumain dont l'ame criminelle
Oſa ſervir d'Abdul l'ambition cruelle!
Hélas! que n'ai-je pû, dans ce triſte revers,
Plonger tous les Chrétiens d'un ſeul coup aux enfers!
A ces mots, elle touche au terme de ſa vie,
Mais ſon poignard menace encor la Batavie,
Et ſon œil en mourant fixe les ennemis!

AGON.

Cher Haſſan! ô Fatime! ô ma fille! ô mon fils!
Quoi! ton ſang, mon trépas, un affreux parricide
Conduiſent donc au Trône un fils ingrat, perfide,
O vous! qui ſeuls ici faiſiez tout mon bonheur,
Je vous ſuis, & j'expire avec vous de douleur!
L'Inde de tes vertus, Fatime, étoit indigne,
Et de jouïr, mon fils, de ta valeur inſigne!
Le courage & l'honneur ici ſont expirans,
Et je laiſſe l'Aſie en proïe à ſes Tyrans!

(*Il* [illegible]

FIN.

www.ingramcontent.com/pod-product-compliance
Ingram Content Group UK Ltd.
Pitfield, Milton Keynes, MK11 3LW, UK
UKHW031945260826
14628UKWH00004B/1851

9 782019 660642